KB273280

쉽게 다시 시작하는 비빔밥 QT

이창용 목사

베드로서원

쉽게 다시 시작하는
비빔밥 QT

＊ 목차 ＊

서론

1부 QT, 쉽고 단순하게

1. QT, 첫사랑을 회복하자 _ 14

복잡하고 어려운 서구적 QT / QT밥 먹은 지 20여년 / QT, 첫사랑을 회복하자

2. 어려운 QT는 가라 _ 28

성경연구와 묵상은 다르다 / QT는 단순하다 / 말씀을 먹는 QT / 먹으려면 읽어라

3. QT, 쉽게 할 수 있다 _ 42

전통적인 독서법 / 나의 깨달음을 위해 읽기 / 정약용의 독서법 / 껍질을 벗기듯 읽어라 / 말씀이 생각 속에 머물게 하라 / 움직임을 살펴라 / 성경을 비벼보자

2부 QT, 다시 시작하자

4. 듣기 : 살아있는 하나님의 말씀 _ 62

질그릇에 담긴 보배 / 잠들게 하는 책 / 살아있는 하나님의 말씀 성경은 듣기 위해 쓰여 진 책 / 하나님의 사랑 듣기

5. 읽기 : 듣기 위해 읽어라 _ 77

장동건 두뇌 나이 / 소리 내어 읽기 일석사조 독서법 / 읽고 읽고 또 읽자 / 듣기 위해 읽어보자

"저는 신앙생활을 시작한지 3년 조금 지난 형제입니다. 지금껏 주일 예배, 소그룹 모임, 각종 기도회에 빠지지 않고 나름대로 열심히 참석했습니다. 그러다가 목사님께서 인도하시는 QT학교에 참석하면서 새롭게 깨달은 것은 제가 '서당개'였다는 것입니다.

'서당개 삼 년이면 풍월을 읊는다'는 속담처럼 열심히 교회에 나와서 삼 년만 설교 말씀을 들으면 성경에 대해 남들처럼 말할 수 있으리라 생각했습니다. 그래서 서당개가 되자는 심정으로 부지런히 설교 말씀을 들었습니다.

삼 년이 지난 지금 저는 성경 이야기를 읊을 수는 있게 되었습니다. 그러나 정작 말씀의 뜻은 제대로 헤아리지 못하고 있음을 고백할 수밖에 없습니다. 무슨 말인지도 모른 채 그저 흉내로 읊어대는 서당개와 별로 다르지 않다는 사실에 제 자신이 너무 부끄럽습니다."

QT학교에 참석했던 한 형제의 고백이다. 그의 고백을 들으면서 이것이 우리의 현실이라는 생각에 가슴이 아팠다.

식당개 삼 년이면 라면은 끓일 수 있을지 몰라도 제대로 된 라면 맛은 내지 못하는 것처럼, 서당개도 삼 년이면 풍월을 읊을 수 있을지는 몰라도 그 뜻은 결코 헤아리지는 못한다. 그 뜻을 헤아릴 수 있는 것은 서당개가 아니라 훈장님 회초리 앞에 있는 학동이다.

성경은 다음과 같이 말씀한다.

"때가 오래 되었으므로 너희가 마땅히 선생이 되었을 터인데 너희가 다시 하나님의 말씀의 초보에 대하여 누구에게서 가르침을 받아야 할 처지이니 단단한 음식은 못 먹고 젖이나 먹어야 할 자가 되었도다 이는 젖을 먹는 자마다 어린 아이니 의의 말씀을 경험하지 못한 자요 단단한 음식은 장성한 자의 것이니 그들은 지각을 사용함으로 연단을 받아 선악을 분별하는 자들이니라"(히 5:12~14)

QT학교를 진행하다 보니 QT를 제대로 알고 있는 사람이 그리 많지 않다는 것을 알게 되었다. 대다수의 성도가 QT는 신앙 수준이 대단한 사람들이 하는 것으로 여긴다. 그리고 스스로 신앙의 초보라고 생각하며 QT에 대해 부담만 가진 채 살아간다. 심지어는 신앙생활을 오래한 성도까지도 QT를 부담스러워 한다.

그래서 그들은 QT의 부담으로부터 벗어나기 위해 성경 통독이라는 비장의 무기(?)를 들고 나온다. QT는 어려워서 못하겠지만 성경 통독은 할 수 있다는 것이다. 정말 그럴 듯한 생각이다. 그런데 성경 통독을 위한 시간이 곧 QT(Quiet Time, 경건의 시간)지 않는가?

Try again(다시 시작하기)

영어에 대한 부담은 끝이 없다. 선교 여행을 간다거나, 외국인이 찾아오면 제대로 된 영어 한마디 못하는 목사 체면이 말이 아니다. 그래서 영어 공부를 위해 서점을 찾았다.

"Try Again…."

심상치 않은 제목의 영어책 한 권이 눈에 들어왔다.

'중학교 실력이면 충분하다고…?'

그때 고등학교 시절에 만났던 고등부 전도사님의 말이 생각났다. "영어를 잘하려면 중3 영어책을 소리 내어 백 번 읽어보세요. 그리고 원어민이 읽어주는 오디오 테이프를 구해서 50번만 들어보세요. 그러면 영어 실력이 굉장히 향상 될 거예요."

전도사님의 말에 친구들은 모두 고개를 끄덕였다. 나중에야 알았는데 그날 함께 들었던 친구들 중 믿고 실천한 사람은 단 두 명이었다.

중3 영어 교과서를 어렵게 구한 뒤 소리 내어 읽고, 영어 테이프를 들었다. 한 번, 두 번, 세 번, 열 번, 스무 번, 서른 번… 읽고, 읽고 또 읽었다. 정말 무식한 짓을 하고 있다는 생각이 들었지만, 이왕 시작한 거 끝까지 해보기로 했다.

그런데 60번 정도 읽었을 때였다. 멍청하게 있을 때면 나도 모르게 영어 교과서에 있는 문장들을 말하고 있었고, 꿈속에서는 누군가와 영어로 대화하기도 했다. 100독을 하겠다는 의지와의 사투 가운데 결국 해낸 것이다.

그때의 기분은 세상을 다 얻은 것처럼, 기뻐서 날아갈 것 같았다. 어서 방학이 끝나 고생하며 노력한 결과를 시험 성적으로 보상받고 싶었다. 드디어 영어 시험을 치르게 됐고, 예상대로 만점을 받았다. 기적이 일어난 것이다.

가끔씩 주변에서 이런 말을 듣는다.

"백 번만 해봐라. 그러면 뭐든지 될 거다."

사람들은 백 번이라는 말에 신비한 능력이 있는 것처럼 말하지만, 백 번이라는 횟수에 능력이 있는 것은 아니라 '백'이란 숫자는 될 때까지 멈추지 않고 지속 반복하는 것에 대한 상징이다. 될 때까지 해보자는 의미이다. 또한 백 번 해서 안 되는 일은 별로 없다.

성경을 백독(百讀)해서 성경의 맥을 뚫어보자는 사람도 있고, 신앙 서적 백 권을 읽어 확고한 신앙을 갖자는 사람도 있다. 시편을 백 번 읽어 암송하려는 사람도 있다. 그들은 모두 지속 반복해서 읽어 뜻이 통하게 하겠다는 의지를 가진 사람들이다.

QT, 다시 시작할 수 있다

어쩌면 당신도 그동안 식었던 QT를 다시 시작하기 위해, 더 깊은 말씀묵상의 삶을 기대하며 이 책을 구입했을 것이다. 'Try again!(다시 시작하자!)'의 마음으로 QT를 다시 시작할 수 있기를 바란다. 영어에 대해 더 많은 지식이나 방법이 필요한 것이 아닌 것처럼, QT도 글을 읽고 생각할 줄 아는 사람이라면 누구나 할 수 있다.

'백 번'이 중요하다. 즉, 될 때까지 해보는 것이 중요하다. 그런 점에서 어떻게 하면 QT를 꾸준하게 할 수 있을지 고민해야 한다. 아무리 새롭고 좋은 방법일지라도 그것을 습득하고 익히는데는 상당한 시간이 요구된다. 그러므로 나에게 익숙한 방법을 찾아서 그 방법으로 다시 시작하면 된다.

나는 다윗과 골리앗 이야기를 묵상하다가 그 점을 다시 깨달았다. 블레셋의 장수였던 골리앗과의 대결에서 다윗이 선택한 것은 갑옷과 칼이 아니라 익숙한 막대기와 매끄러운 돌 다섯 개와 물매였다. 칼과 창과 단창이 상대를 제압하는 강력한 무기라는 것을 다윗도 알고 있었다. 그렇지만 그에게는 새로 배워야 하는 낯선 무기에 불과했다. 다윗은 새로운 방법을 익힐 시간이 없었다. 대신 그에게는 항상 준비되어 있는 능력이 있었다. 시간 날 때마다 냇가에서 저편 바위 위에 돌멩이 하나 올려놓고, 물매로 그것을 맞추며 놀았다. 그 일은 그의 삶을 통해 지속 반복적으로 훈련되어 있었다. 아마도 눈 감고 던져도 맞출 정도였을 것이다. 결국 다윗은 골리앗과 맞짱 떠서 이겼다. 그것도 너무 싱겁게 이겼다. 물맷돌 한 방에 골리앗은 쓰러지고 말았다.

다윗의 물매처럼 모두에게 익숙한 QT방법이란 무엇일까? 나는 성경 읽기를 통해 하나님의 말씀을 듣는 방법이라고 생각한다. 사전을 찾고, 영어 성경을 뒤져보고, 히브리어와 헬라어 원문을 살펴보지 않아도 얼마든지 하나님의 음성을 들을 수 있었다. 하루에 정해진 본문을 세 번 혹은 석 장을 읽는 것을 통해서 말이다. 성경 읽기는 우리의 손에 쥐어져 있는 물매와 같다. 지금처럼 그렇게 성경을 지속적이고 반복적으로 읽으면 된다.

그런데 오늘날 문제는 바른 성경 읽기에 대해 가르치거나 배울 수 있는 환경이 점점 우리 주변에서 사라져간다는 점이다. 왜 그리고 어떻게 읽어야 하는지에 대한 물음과 방법을 묻는 사람도 점점 사라지고 있다. 각종 묵상집과 QT관련 서적은 점점 늘어나지만, 바른 성경 읽기와 묵상을 하는 사람은 좀처럼 만나기가 힘들어지고 있다.

만약 당신이 QT를 회복하고 싶다면, 바른 성경 읽기가 시작되어야 한다. 모든 묵상과 적용은 바른 성경 읽기 없이는 불가능하다. 성경을 읽기 시작할 때 우리의 생각과 마음에서는 읽기, 묵상, 적용이라는 세 단계 가 순식간에 일어나기 시작한다. 그 단계들은 순차적으로 일어나기도 하고 한 번에 일어나기도 한다. 어떤 때는 순서가 뒤죽박죽이 되어 일어나기도 한다. 마치 그릇 속에서 각종 나물과 밥이 이리저리 뒤섞여 비벼져서 맛있는 비빔밥이 되는 것처럼. 그래서 나는 말씀을 비벼먹는 과정을 묵상이라 부르길 좋아한다.

당신은 QT를 얼마든지 다시 시작할 수 있다. 그 방법은 성경을 다시 읽기 시작하면 된다. 나는 이 책을 통해 독자들이 지속 반복하여 그날에 주어진 하나님의 말씀을 읽고, 하나님을 만나고, 그분의 음성을 다시 들을 수 있기를 소망한다.

1부

QT,
쉽고 단순하게

1. QT, 첫사랑을 회복하자

나는 대학에 입학하기 전까지 돈가스가 어떻게 생겼는지 알지 못했다. 지금이야 인터넷 지식검색을 하면 온갖 사진과 함께 만들고 먹는 법까지 자세히 소개되어 있지만, 당시에는 오직 친구의 영웅담에 귀를 기울여 혼자 상상할 수밖에 없었다.

나이프와 포크로 음식을 썰어 먹고, 스푼으로 스프를 떠먹는다고 했다. 거기다 넙적한 접시에 누룽지 눌리듯 담은 밥을 포크로 찍어 먹는다고 했다.

지금 생각해보면 돼지고기에 튀김옷을 입혀 놓은 것에 불과한 것을 그때는 왜 그렇게 부러워하며 궁금해 했을까?

돈가스를 처음 먹던 날은 대학에 첫발을 내딛던 입학식 날이었다. 입학식을 마치고 선배를 따라 학교 앞에 양분식당에 갔다. 선배는 갓 입학한 후배들에게 메뉴를 선택하라고 했다. 모두들 선배가 한 턱 낸다는 말에 가장 비싼 돈가스를 시켰다. 물론 나도 돈가스를 시켰다. 그토록 보고 싶고, 먹고 싶었던 돈가스가 내 앞에 놓인 것이다.

그런데 돈가스를 처음 먹는 감격보다 식탁에 놓인 나이프와 포크와 스푼에 대한 두려움이 더 앞섰다. 남들에게 돈가스도 먹어보지 못한 촌놈이라는 인상을 주기 싫어서 다른 사람들보다 한 박자 느리게 눈치 보며 스프와 샐러드, 그리고 돈가스를 앞에 앉은 친구를 흉내 내며 먹었다.

처음 먹은 돈가스의 맛은 아무리 생각해봐도 모르겠다. 생각나는 건 남 눈치 보기 바빴던 소심함과 어색함 뿐이다. 아직도 양식당이나 패밀리 레스토랑에서 여러 개의 크고 작은 포크와 스푼과 나이프가 나오면 어느 걸 언제 써야 할지 몰라 적잖이 당황한다. 아마도 처음 먹은 돈가스의 아픈 추억이 치유되지 못해서 그런 것 같다.

§복잡하고 어려운 서구적 QT

우리가 이미 배웠거나 흔히 접하는 QT 방법은 대부분 복잡하고 어려우며 서구적이다. 다음은 당신이 이전에 배운 적이 있거나 지금까지 해왔던 방법들이다.

첫 번째는 묵상하는 순서이다. QT에 대한 자료나 강의에서 공통적으로 말하고 있는 것은 PRESS라는 순서를 따라 묵상하라는 것이다. PRESS는 다음과 같은 내용의 영어단어 첫 글자를 따서 만든 것이다.

1. 준비 기도를 한다(Pray for a moment).
2. 그날의 본문을 읽는다(Read His Word).

3. 깨달은 말씀을 묵상한다(Examine His Word).

4. 말씀의 결과를 가지고 다시 기도한다(Say back to God).

5. 발견한 사실을 다른 사람과 함께 나눈다(Share with others what you have found).

사실 생각해보면 그렇게 어려운 내용도 아니다. 기도하고, 읽고, 묵상하고, 기도한 뒤 나누라는 것이다. 어떻게 보면 우리가 성경을 읽을 때 당연히 실천하고 있는 내용이다. 그런데 문제는 PRESS가 뭔지 모른다는 것이다. 영어권에 있는 사람들에게는 각 항목의 첫 자를 따서 만들었기 때문에 외우기 쉬울지는 몰라도 우리는 전혀 그렇지 않다. 차라리 우리말 앞 글자를 따서, '기, 독, 묵, 기, 나'로 했으면 더 좋을 뻔 했다. 그런데 영어로 PRESS라는 단어를 써서 괜히 주눅 들고 눌리게(press) 만드는 것 같다.

두 번째는 묵상하는 방식이다. QT하는 순서는 비슷하지만 본문을 묵상하는 방식은 각자의 성향과 기질과 문화적 습관에 따라 다르다. 어떤 사람은 직관적이고, 어떤 사람은 분석적이다. 어떤 사람은 충동적이고, 어떤 사람은 차분하다. 그래서 다양한 QT 방식을 대략 네 가지 유형으로 나누어 설명하는데 A, B, C, D형의 QT가 있다.

1. 느낀 점만 기록하는 A형

2. 내용을 관찰하여 느낀 점을 기록하는 B형

3. 내용 관찰을 통해 느낀 점을 가지고 결단과 적용하는 C형

4. 내용 관찰, 연구와 묵상, 느낀 점, 결단과 적용의 4단계 모두를 포함하는 D형

다양한 스타일을 A,B,C,D형으로 구분하고 좀 더 체계적으로 접근한 시도는 아주 훌륭하다. 그런데 문제는 실생활에서 QT를 하다 보면, 그렇게 각 유형별로 구별되지 않는다는 것이다. 느낌 중심의 QT를 하는 사람도 간혹 연구와 묵상이 있는 QT를 할 때가 있고, 반대로 연구와 묵상이 있는 QT를 늘 해오던 사람도 어떤 때는 느낌 중심의 QT를 하게 되는 날도 있다.

QT를 하는 방식을 세세하게 구분하는 것은 자신이 어떤 유형인지 살펴볼 수 있는 장점이 있지만, 너무 잘게 구분하고, 단계를 만드는 것은 실제적이지는 못하다. 왜냐하면 성숙한 신자라고 해서 반드시 연구와 묵상이 있는 QT를 하는 것은 아니기 때문이다. QT하는 방식이 신앙의 수준을 가늠하는 척도가 될 수 없다. 그러므로 느낌 중심의 QT를 했다고 해서 신앙 수준이 낮다고 스스로 기죽을 필요가 없다.

세 번째는 묵상했던 본문을 살펴보는 방법이다. 말씀을 묵상할 때 본문을 자세히 읽을 수 있도록 돕기 위한 방법들을 소개하고 있는 것이 있다. 크게 세 가지 방법이 있다.

1. 육하원칙으로 본문을 살핀 뒤 '왜', '어떻게' 라고 스스로 질문하고 답한다.
2. 삼위 하나님과 SPACE를 찾는다.

  Sins to Confession(고백해야 할 죄)

  Promise to Claim(붙들어야 할 약속)

  Action to Avoid(피해야 할 행동)

  Commands to Obey(순종해야 할 명령)

Example to Fallow(본받아야 할 모범)

3. 본문을 읽은 뒤 묵상지에 있는 해설을 읽거나 질문의 답을 찾는다.

이 방법들은 본문을 자세히 읽는데 도움을 준다. 그런데 말씀을 묵상할 때마다 '왜, 어떻게'를 묻고, 고백과 약속과 순종할 점을 찾고, 누군가가 던진 질문에 맞춰 본문을 읽는 사람이 그리 많지 않다는 것이다.

그처럼 어려운 말을 써가며, 세세하게 구분해서 QT를 해야만 하는 것일까? 정말 그렇게 해야만 하나님의 음성을 제대로 들을 수 있는 것일까? 계속해서 내 머릿속에서 떠나지 않는 생각이다.

QT를 하는데 성경을 읽고 각종 관찰방법(5W1H, 반복, 비교, 대조, 타번역 참고하기 등)을 따라 살피는 조사와 연구를 한 뒤 구절과 구문에 대해 해석(사전 찾기, 원문 살피기, 구문 분석, 관찰자료 정리하기 등)한다. 그 해석한 내용을 묵상하여 느낀 점을 가지고 결단과 적용(감사, 찬송, 회개, 간구, 교훈 등)하여 마무리 기도하는 QT 방식을 따라 매일 영적 양식을 먹어야 한다는 것이 부담스럽다.

누가 나에게 요리의 종류에 따라 다른 포크를 쓰고, 나이프를 쓰면서 격식에 맞춰 매일 밥을 먹으라고 한다면, 당장 뛰쳐나가 단식 농성(?)을 하고 있을지도 모르겠다. 이미 내 몸에 익숙한 숟가락으로 먹게 해달라고. 그처럼 복잡하고 격식을 따라 말씀을 먹는 방식의 QT는 우리 모두를 질리게 만들고 영혼의 양식을 먹지 않고 살아보려는 겁 없는 생각을 하게 만든다.

물론 격식에 갖춘 서양식 요리를 가끔 먹을 때가 있다. 서양 요리를 먹으면서 드는 생각은 좀처럼 먹을 수 없는 요리를 먹고 있다는 생각에서 오는 뿌듯함과 우쭐함이다. 그래서 조심스럽게 칼질을 하고 포크와 스푼을 사용한다. 특별한 요리니 만큼 특별한 방식으로 한 번쯤 먹어보는 것은 그리 나쁘지 않다.

그런 요리를 먹지 말자는 말이 아니다. 멋지게 차려 입고 폼 나게 먹어줄 필요도 있다. 그렇지만 그런 식사는 가끔이면 된다. 매일 먹는 식사는 즐겁고 부담이 없어야 한다. 그냥 편하게 밥 먹고 살자는 말이다. 영적인 양식을 매일 즐겁게 먹을 수 있다면 얼마나 좋을까?

§QT밥 먹은 지 20여년

얼마 전 식당에 갔다가 재미있는 메뉴가 눈에 띄었다. '양푼이 비빔밥' 양은그릇에 비빔밥 재료를 넣어 만든 비빔밥이었다. 그 메뉴를 보면서 함께 식사하러 갔던 동료들과 양푼이 비빔밥에 대한 추억으로 이야기꽃을 피웠다.

양푼이 비빔밥하면 어릴 적 오돌토돌한 양재기(큰 양푼을 어릴 적 어머니는 그렇게 부르셨다)에 무우채, 마늘, 생강, 고춧가루에 액젓을 넣어 버무려 만든 양념으로 꼭꼭 채워 맛깔 나는 김치를 담그시던 어머니의 모습이 떠오른다.

김치 담그는 옆에 앉아, 어머니가 갓 양념한 배추를 주욱 찢어 말아주면 넙죽 받아먹기도 했고, 그렇게 옆에서 지켜보고 있으면 어머니는 밥솥에서 따끈따끈한 밥을 한 주걱 퍼서는 비빔밥을 만들어주곤 했었다. 김치 양념이 묻어 있는 양푼에 김이 모락모락 피어오르는 흰밥을 넣고, 김치를 좀 찢어 넣은 뒤 참기름 몇 방울 떨어뜨려 비빈 즉석 비빔밥이다.

얼마나 맛있던지 동생들과 머리를 처박고 드륵드륵 수저 긁는 소릴

내며 밥알 한 톨 남김 없이 먹곤 했었다. 지금도 누가 김치 담근다는 소리만 들으면 그 시절 먹었던 양푼이 비빔밥이 생각나서 입안에 군침이 돈다.

지금 생각해 보면, 그 시절 어머니 곁에서 먹었던 양푼이 비빔밥이 참 맛있었다. 나이프와 포크와 스푼을 어떻게 써야 하는지 몰라 당황할 필요도 없고, 스프에다 샐러드를 어떻게 먹어야 하는지 눈치 볼 필요도 없다. 그저 양푼에 머리 처박고 수저 하나로 마파람에 게 눈 감추듯 먹으면 된다. 그렇게 먹어도 무슨 재료가 맛있고, 맛없는지 다 분별한다. 게다가 덤으로 모든 재료가 어우러진 오묘한 비빔밥의 진수까지 맛볼 수 있다.

QT도 양푼이 비빔밥처럼 그렇게 할 수는 없을까? 하나님의 말씀은 날마다 먹어야 하는 영혼의 양식이다. 하나님의 말씀을 매일 먹는 밥처럼 편하고 맛있게 먹을 수는 없을까?

이런 생각에 지난 20여 년 동안 먹어왔던 QT밥에 대해 돌아보게 된다. 80년대 중반쯤이었던 것 같다. 나의 첫 번째 QT는 그렇게 어렵지 않았다. 매일 하나님의 말씀을 읽고, 생각하고, 느끼려 했다.

교회 전도사님을 통해 나는 처음 QT라는 것을 알게 되었다. 성경말씀을 매일 읽고, 묵상하고, 실천하는 것이 QT라고 가르쳐주셨다. 그리고 구체적으로 어떻게 QT를 해야 하는지도 알려주셨다.

성경을 여러 번 읽은 뒤 본문에 나타난 하나님에 대해 찾아보라고 하면서 성부 하나님, 성자 예수님, 성령 하나님에 대해 발견한 것을 모두 노트에 기록하라고 했다. 그런 다음 교훈이 되는 말씀을 3가지 이상 찾아보라고 했다. 지금 생각해 보면 성경 본문을 다양한 각도에서 읽도록 훈련하기 위해 만든 것이었다.

　　순수한 신앙의 열정이 끓어오르던 시절인지라 정말 열심히 QT했다. 매일아침 평소보다 20분 정도 일찍 등교해 말씀을 묵상했다. 말씀을 읽고 묵상하고 기록하면서 순간순간마다 깨닫게 해주시고, 하루하루 인도해주시는 것을 민감하게 느낄 수 있었다. 고 3이 되어서는 매일 밤 잠들기 전에 QT했다. 피곤하고 힘든 하루였지만 내일을 기대하며 하나님의 말씀으로 위로받고 도전받았다.

　　대학 시절에는 성경연구와 세계관 운동을 하던 학생 선교단체에서 활동하면서 QT에 대해 본격적으로 훈련 받게 되었다. 고등학교 때 배웠던 QT에서 한 단계 업그레이드 된 QT였다. 지금 생각해 보면 그때 배웠던 QT는 성경연구식 묵상법이었던 같다. 관찰, 해석, 적용이란 귀납적 성경연구방식을 QT에 적용한 것이었다. 성경을 읽고, 본문의 구절과 단어의 뜻을 살피고, 저자의 의도와 뜻을 해석하여 묵상하는 과정을 거쳐 적용하는 방식이었다. 어렵고 복잡한 방식이었는데도 고등학교 시절부터 말씀을 읽고 묵상하는 훈련이 되어서 그런지 힘들지 않았다. 오히려 더욱 깊은 연구과 묵상을 가능하게 해주었다.

　　대학을 졸업하고 대학생 선교단체에서 간사 사역을 시작하면서 학생들에게 QT 강의를 하게 되었다. 강의 준비를 위해 시중에 있던 각종 서적과 자료를 모으기 시작하면서 QT에 대한 다양한 방법과 요령을 알게 되었다. 그런데 그들 중 대부분은 서양에서 전파된 방식이었다. 귀납적 성경연구식 QT 또한 서양식 QT였다. 강의 준비를 하면서 계속되는 생각은 복잡하고 어렵다는 것이었다. 실제로 강의와 실습의 과정에 참여하는 학생들의 반응도 대체로 그러했다.

'하나님의 음성' 이라는 주제에 대해 생각조차 해 본적이 없는 학생들에게 성경을 읽고 그 본문을 귀납적으로 관찰해서 해석하고, 묵상하여 하나님의 음성을 듣고 발견하라고 가르치는 것은 서로에게 힘겨운 일이었다. 힘들어도 계속해서 말씀을 들으려고 노력하면 언젠가는 깨닫게 될 것이라며 학생들을 다그쳤다. 지금 생각해 보면 동양적 사고에 익숙한 학생들에게 서구적인 방식으로 분석하고 쪼개고 순서에 따라 성경을 묵상하면 공장에서 제품이 생산되어져 나오듯이 하나님의 음성을 들을 수 있다고 가르쳤던 것이다.

그렇게 학생들과 청년들에게 QT를 강의했던 10년의 세월을 돌아보면 참 부끄럽다. 어쩌면 그들에게 QT는 어렵고 부담스럽다는 생각을 심어주는 강의를 했던 것 같다. QT는 매일 밥을 먹듯이 편하고 익숙한 것이 되도록 도왔어야 했는데….

이렇게 마음 한편에 자리하고 있는 부담을 아신 주님은 말씀 한 구절을 깨닫게 해주셨다.

"그러므로 어디서 떨어졌는지를 생각하고 회개하여 처음 행위를 가지라 만일 그리하지 아니하고 회개하지 아니하면 내가 네게 가서 네 촛대를 그 자리에서 옮기리라"(계 2:5)

과연 그랬다. 처음 QT를 시작했을 그때는 지금 학생들에게 가르치고 있는 방식으로 QT하지 않았다. 그저 말씀을 읽고 그 말씀 가운데서 주님을 느끼려고 했고, 발견하려고 했다. 그것이 바로 처음 QT였다. 방법과 방식의 문제가 아니라 하나님의 말씀을 통해 그분을 만나는 것이 가장 중요함을 다시 깨닫게 되었다.

처음 QT를 배우고 난 뒤 매일아침마다 감동과 전율이 있는 맛난 QT를 했다. 예수님께서 십자가에 달리시는 장면을 읽고 묵상할 때는 예수님을 못 박으라고 소리치는 백성들 가운데 내가 있는 것 같은 느낌이 들었다. 그래서 주님께 눈물 흘리며 기도했던 기억이 난다.

"주님, 제가 예수님을 못 박았습니다. 녹슨 세 개의 못으로 말입니다. 많이 아프셨죠. 저의 죄를 용서해주세요. 저 무리들처럼 예수님을 알지 못하는 사람들에게 십자가의 사랑을 전하는 삶을 살게 해주세요."

지금도 그 시절 말씀묵상을 통해 주셨던 십자가의 감동을 잊지 못한다. 그래서 십자가를 생각할 때마다 내 눈에서 눈물이 마르지 않게 해달라고 기도하고 있다. 그 시절보다 지금 십자가에 대한 이야기와 이론과 해석에 대해 더 많이 알고 있다. 그렇지만 그때만큼 십자가 사랑을 느끼지 못하는 것 같다. 지식이 많다고 해서 반드시 감동과 은혜가 충만한 것은 아니다. 지식보다 말씀묵상을 통해 얻는 감동과 도전이 사람을 변화시킨다.

나는 그 시절 말씀묵상을 통해 인생 경로가 바뀌었다. 그것은 쉽지 않은 결정이었고, 상당한 희생을 감수해야 하는 일이었다. 그러나 강력한 주님의 감동 앞에서 그저 순종할 수밖에 없었다. 말씀을 묵상하다 보면, 때로 하나님은 인생의 경로를 바꾸게 하신다.

기계공학을 전공하여 자동차 기술자가 되고 싶었던 꿈을 사람과 영혼을 살리는 행복 수리공의 꿈으로 바꾸게 하셨던 때도 그 시절 말씀묵상을 통해서였다.

어떻게 하면 주님이 기뻐하시는 인생을 살아갈 수 있을지 고민하며 기도할 때 주님은 목회에 대한 소명을 주셨다. 그렇지만 목회를 한다는 것은 부모님의 엄청난 반대를 극복해야 하는 힘든 일이기도 했다.

지금도 그렇지만 그 시절 목회자라고 하면 못 입고, 못 살고, 그저 사명감 하나로 살아가는 사람으로 부모님의 눈에 인식되어 있었기 때문이다.

"예수께서 이르시되 내가 진실로 너희에게 이르노니 나와 복음을 위하여 집이나 형제나 자매나 어머니나 아버지나 자식이나 전토를 버린 자는 현세에 있어 집과 형제와 자매와 어머니와 자식과 전토를 백 배나 받되 박해를 겸하여 받고 내세에 영생을 받지 못할 자가 없느니라"(막 10:29~30)

아주 어렸을 때부터 나는 나이 많으신 아버지와 청각장애가 있는 어머니 때문에 주변 친척들로부터 "어서 어서 커서 부모님을 먹여 살려라"는 말을 귀에 딱지가 앉을 정도로 듣고 자랐다. 그래서 부모님을 잘 모셔야 한다는 부담은 어느새 당연한 나의 사명이 되어 있었고, 돈을 많이 벌어 부모님을 잘 모시는 것이 유일한 꿈이었다. 부모님과 친지들의 기대를 버리고 목회의 길을 간다는 것은 꿈도 꾸지 못할 일이었다.

주님과 복음을 위하여 "집이나 형제나 어미나 아비나 자식을 버리라"는 말씀을 묵상하면서 너무 가혹한 말씀처럼 여겨졌다. '과연 나는 부모님을 버릴 수 있을까' 하는 생각으로 가득했다. 목회의 길을 간다는 것은 부모님을 버리는 삶이라는 생각이 들었기 때문이다.

그렇게 말씀묵상을 통해 결단한지 20여년이 지났다. 많은 시간이 지났음에도 불구하고 나는 늘 마음 한편에 부모님에 대한 부담을 안고 살아간다. 그렇지만 부모님에 대한 부담 때문에 주님께서 명령하시는 길을 가지 못하는 실수를 범하지는 않는다. 지금까지 그렇게 살아왔다. 앞으로도 그럴 것이다. 얼마 전 마태복음을 읽고 묵상하는 중에 또 다시 깨달음을 주셨다. 주님은 수고하고 무거운 짐 진 자들을 향해 오라고 하시며 나의 무거운 짐을 가볍게 해주셨다.

"수고하고 무거운 짐 진 자들아 다 내게로 오라 내가 너희를 쉬게 하리라 나는 마음이 온유하고 겸손하니 나의 멍에를 메고 내게 배우라 그리하면 너희 마음이 쉼을 얻으리니 이는 내 멍에는 쉽고 내 짐은 가벼움이라 하시니라"(마 11:28~30)

인생의 무거운 짐을 주님께 맡겨 드리고 주님의 멍에를 매고 나니 마음에 진정한 쉼이 찾아왔다. 그분의 짐은 분명 쉽고 가볍다. 주님의 일을 하는 것이 부모님에 대한 부담을 갖고 사는 것보다 가볍다는 것이 아니다. 주님께로 오면 내가 가지고 있는 그 인생의 무거운 짐들이 모두 사라진다는 말도 아니다. 그 인생의 짐들이 구속되는 것이다. 인생이 구속받은 뒤 우리의 생각과 마음이 달라진 것처럼, 인생의 무거운 짐들이 오히려 쉽고 가벼운 부담이 되어 있는 것을 깨닫게 된다는 말이다.

지금 생각해 보면 그 시절 어떻게 그런 묵상을 했는지 신기하다. 성경도, 배경도, 연구하는 방식도 제대로 알지 못하던 고등학생 시절이었는데 말이다. 그런 점에서 묵상하는데 필요한 것은 얼마나 좋은 방법을 알고 있느냐가 아니라 얼마나 하나님의 음성을 듣고 싶어 하느냐에 있는 것 같다.

§ QT, 첫사랑을 회복하자

요단강을 건넌 후 여호수아가 세웠던 기념비처럼, 지난 세월 QT를 통해 주셨던 말씀은 나의 삶 속에 기념비처럼 자리하고 있다. QT를 통해 경험한 첫사랑을 나는 결코 잊지 못한다.

누구나 자신의 삶에 세워 둔 기념비가 있다. 그런데 그 기념비를 잊고 살아갈 때가 많다. 삶이 분주하고 뒤돌아보기에는 앞에 놓여 있는 일들이 너무 많기 때문이다. 인생에 가뭄이 찾아 와서 강물이 마르는 것처럼, 막막하고 답답할 때 가끔은 그곳을 방문하여 세워두었던 기념비를 돌아볼 필요가 있다. 순수한 열정 하나만으로 뜨겁게 주님을 사랑했던 그때를 돌아보는 것은 생의 새로운 활력을 주실 주님을 기대하게 만든다.

우리는 자주 "첫사랑을 회복하자" 라는 말을 듣는다. 사실 나도 첫사랑을 회복하고 싶다. 그런데 첫사랑을 회복해서 무엇을 어떻게 하자는 말인가? 아무리 생각을 해봐도 첫사랑은 결코 회복할 수 없다는 결론에 도달했다. 왜냐하면 회복한 첫사랑은 진짜 첫사랑이 될 수 없기 때문이다. 첫사랑은 그의 인생에서 만난 특별한 순간에 대한 기념비일 뿐이다. 그러므로 첫사랑을 통해 인생의 기념비처럼 지난날을 돌아보고 그때를 동경하며 자극받으면 된다.

처음 주님의 은혜를 경험했던 때를 생각해 보면 아찔한 생각이 든다. 도대체 무슨 생각으로 그렇게 믿었는지 아무리 생각해봐도 대견스럽다. 그저 믿음 하나로, 열정 하나로 살았던 때였다.

그런데 지금의 나는 생각이 너무 많다. 예전보다 방법은 많이 아는데 정작 움직이지 않는다. 이것저것 다 생각하다 보니 신속하게 열정을 쏟아

내지 못한다. 방법을 몰라서가 아니라 열정이 식었기 때문이다.

신앙생활에서 첫사랑의 열정을 회복하듯, QT에 대한 첫 사랑을 회복해야 한다. 우리는 지금 너무 많이 알고 있다. 많이 알게 되었지만, 그때만큼 하나님의 말씀을 향한 열정은 뜨겁지 못하다. 그 시절 주님이 말씀하실 때까지 읽고, 읽고, 또 읽기만 했다. 그분의 말씀 한 구절을 붙들고 생각하고 또 생각하며 묵상했다. 그때 오히려 더욱 분명한 주님의 음성을 들었다. 그리고 그분의 음성 앞에 지금은 감히 꿈도 꾸지 못하는 결단을 했고, 습관과 태도가 바뀌는 실천이 있었다.

QT에 대한 첫사랑을 회복하자는 것은 말씀을 소리 내어 읽고 묵상하여 깨달은 것을 실천하는 단순한 QT를 회복하자는 것이다. 말씀을 묵상하는 시간은 새로운 방법을 실습해보는 시간이 아니다. 복잡한 방식을 따라 빈 칸 채우는데 급급한 시간이 되어서도 안 된다. QT를 통해 하나님의 말씀을 먹고 살아갈 힘을 얻는 시간이 되어야 한다.

지금 당신의 기억에 있는 처음 QT하던 때를 떠올려보라. 그때의 감동을 회상해보라. 방법에서는 서툴고 어려웠지만 열정만큼은 대단했던 그 시절의 QT로 돌아가 보자.

2. 어려운 QT는 가라

§성경연구와 묵상은 다르다

성경연구와 묵상은 구별되어야 한다. 성경묵상, 즉 QT는 밥을 짓는 시간이 아니라 밥을 먹는 시간이다. 나물을 만드는 시간이 아니라 갖은 나물과 밥을 맛나게 먹는 시간이다. 그러므로 어떻게 밥을 짓느냐보다는 어떻게 맛있게 먹을 것인가를 배우고 익혀야 한다.

"구슬이 서 말이라도 꿰어야 보배"라는 말이 있다. 오늘날은 정보의 홍수 속에 살아간다. 정보의 바다라고 하는 인터넷을 통해 온갖 종류의 데이터를 만난다. 각종 소식과 자료들은 순식간에 전 세계의 사람들에게 노출되고 있다. 오늘날 문제는 정보의 부족이 아니다. 풍부한 정보만으로 만들어진 지식은 머리는 활짝 열리게 할지 몰라도 마음을 열게 하지는 못한다.

"내가 진실로 진실로 너희에게 이르노니 한 알의 밀이 땅에 떨어져 죽지 아니하면 한 알 그대로 있고 죽으면 많은 열매를 맺느니라"(요 12:24)

성경은 지식이 어떻게 사람의 마음을 열게 하는지 소개한다. 한 알의 씨앗이 땅에 떨어져 죽어야 한다는 것이다. 죽었는데 어떻게 생명이 다시 생겨날 수 있을까?

열매가 떨어지고 그 위로 낙엽이 쌓여 따뜻한 이불이 되어줄 때면 추운 겨울이 찾아온다. 그리고 쌓인 낙엽 위로 눈이 쌓였다가 녹기를 반복한다. 그 사이 따뜻한 이불 속에서 잠을 자던 씨앗이 생명의 기지개를 켤 준비를 한다. 그리고 생명의 움은 겨우내 허물허물 썩어지고 녹아진 껍질의 갈라진 틈 사이로 뻗어 나오게 된다.

한 알의 씨앗이 죽어 많은 열매를 맺는 비밀은 바로 여기에 있다. 씨앗의 껍질은 썩어 없어지지만, 그 속에 있는 생명의 씨앗은 그때부터 움트기 시작하기 때문이다. 껍질이 죽어야 새로운 모습으로 생명의 변화가 일어나기 시작한다. 껍질이 썩지 않은 씨는 그냥 씨일 뿐이다.

지식의 껍질을 벗겨내어야 한다. 단단한 지식이라는 껍질을 벗겨내는 읽고 묵상하는 과정을 통해 썩어지고 녹아지면 그때 진정한 지식의 열매인 깨달음이 세상에 나오게 된다. 그러므로 많은 지식이 아니라 지식을 썩게 만들고 녹게 만드는 과정이 필요하다. 이 과정이 바로 말씀을 먹는 묵상이다.

그러므로 QT는 단어의 뜻을 살피고, 구문을 분석하고, 해석하는 껍질에 대해 연구하는 시간이 아니다. 오히려 말씀묵상을 통해 지식이라는 껍질 속에 감춰진 하늘의 만나를 먹는 시간이다. 열매 맺지 못한 수많은 정보와 지식보다 열매 맺게 만드는 하늘의 지혜를 얻어야 한다. QT는 하늘의 지혜를 얻기 위해 성경을 읽는 시간이다. 우리가 성경을 읽기 시작할 때 문자로 둘러싸인 껍질이 벗겨지고 그 속에 숨겨진 영혼의 양식을 만나게 된다.

§QT는 단순하다

성경책을 형형색색의 색연필과 펜으로 칠해가며 반복, 비교, 대조되는 것을 찾고, 성부, 성자, 성령 하나님에 대해 찾는다. 그리고 감사, 찬송, 회개, 도전과 교훈 거리를 찾아 오랜 시간을 방황한 뒤 한숨을 내쉰다.

"오늘 본문에서 '주' 라는 단어가 열 번 반복되고 있어요. 그리고 하나님에 대해 세 가지를 찾았어요. 그런데 그 다음은 어떻게 해야 할지 모르겠어요."

QT학교를 진행하면서 자주 들었던 말이다. QT 강의를 하면서 성경을 어떻게 잘 비벼먹을 수 있는가를 가르치기보다는 어떻게 하면 영적인 양식을 위한 재료를 잘 준비할 수 있을지를 가르쳤다. 이것은 처음부터 너무 대단한 요리를 만들어 먹게 하려는 과욕이 불러온 나의 실수였다.

앞에서 QT는 요리하는 시간이 아니라, 하늘의 양식을 맛있게 먹는 시간이라고 했다. 이전까지는 떠 먹여주었던 밥을 이제는 스스로 비벼먹는 시간이다. 아이들이 숟가락 사용법을 배운 뒤 스스로 숟가락을 들고 밥을 먹을 때를 상상해 보라. 아이들은 엄마가 비벼주는 밥을 스스로 떠먹는다. 어떤 아이도 혼자 밥을 먹게 되었다고 밥을 짓고, 재료에 맛을 내는 일을 하지는 않는다. 그러한 일은 오랜 세월이 지나 장성하고 삶의 노하우가 쌓일 때 가능한 일이다.

QT는 성경말씀을 소리 내어 읽고 생각하는 묵상을 통해 깨달은 말씀을 씹어 먹는 시간이다. 연구와 묵상은 그래서 구별되어야 한다. 연구가 재료를 다듬고, 씻고, 썰어 데치는 시간이라면, 묵상은 재료들을 비벼서 맛나게 먹는 시간이다.

그런데 QT 강의를 하면서 그 사실을 놓치고 있었던 것이다. 몸에 자양분을 주는 것은 음식의 재료나 분량이 아니라 건강한 소화에 있다는 것을. 그러므로 영혼의 필요를 만족시키는 것은 연구한 지식의 분량보다는 말씀을 마음에 받아들여 전인격으로 비벼 맛나게 먹고 윤택해지는 태도에 달려 있다.

그렇다면 어떻게 해야 성경을 먹을 수 있을까? 그 대답을 나는 하나님이 여호수아에게 주셨던 말씀을 통해 깨달았다.

"이 율법책을 네 입에서 떠나지 말게 하며 주야로 그것을 묵상하여 그 안에 기록된 대로 다 지켜 행하라 그리하면 네 길이 평탄하게 될 것이며 네가 형통하리라"
(수 1:8)

여호수아는 모세를 통해 하나님의 말씀과 율법에 대해 이미 들었고, 알고 있었다. 이제 남은 것은 그것을 먹고 소화시켜 말씀대로 지켜 행하는 삶이다. 하나님은 여호수아에게 지혜의 신, 곧 성령이 항상 충만하도록 유지하는 방법을 알려주셨다. 입에서 율법책이 떠나지 않도록 말씀을 먹는 묵상을 통해 깨달은 것을 적용하는 것이다. 이는 언제나 율법책에 쓰여 있는 것을 입에서 떠나지 않게 밤낮으로 소리 내어 읽고 외우라는 말이었다.

당시 어떻게 하면 하나님의 말씀을 매일 먹고 살아가도록 도울 수 있을까 고민하던 차에 '소리 내어 읽고 외우라' 는 말씀이 눈과 귀에 들어왔다. 그 길로 청년들과 함께 매일 성경을 소리 내어 세 번 읽고, 한 번 묵상하며 읽는 훈련을 시작했다.

방법은 단순했다. 매일 신약성경을 한 장씩 소리 내어 읽고 묵상하여 깨달은 내용을 기록하는 것이다. 이렇게 일주일 동안 말씀을 먹은 뒤 함께 모여 나눔을 가졌다.

함께 말씀을 먹는 밥상 공동체라는 것을 느끼고 상호 책임에 대한 부담을 갖기 위해 함께 읽었다. 처음에는 성경을 일주일 동안 한 장도 먹지 않고 참석한 사람도 있었다. 그런데 점차 성경을 먹는 횟수가 늘어나기 시작했고 결국 모두가 성경을 먹는 데까지 이르게 되었다. 그런데 모두가 성경을 먹었다는 것보다 더 놀라운 사실을 발견하게 되었다. 그것은 성경을 매일 세 번 소리 내어 읽고, 한 번 묵상하며 읽어오라고 했을 뿐인데, 하늘에서 만나로 이스라엘 백성들을 먹이셨던 것처럼 날마다 깨닫는 말씀이 있었다. 지혜와 계시의 정신이신 성령께서 말씀을 먹는 하나님의 자녀들에게 깨달음과 함께 말씀대로 살아갈 힘을 주셨던 것이다.

성경 읽기 모임을 진행하면서 더욱 우리를 놀라게 한 것은 이제 갓 그리스도인이 된 청년들의 반응이었다. 그들은 성경 읽기를 통해서 하나님을 경험하고 있었다. 마태복음의 산상설교를 읽고 깨달은 말씀을 나눌 때는 그들의 솔직한 고백에 모두가 부끄러움을 느낄 정도였다.

"저는 '음욕을 품고 여자를 보는 자마다 마음에 이미 간음하였다' 는 말씀이 너무 부담이 되고 힘들게 했어요. 사실 제 컴퓨터에 소중하게 간직하고 있는 음란한 사진이 있거든요."

그의 솔직한 고백은 다른 지체들의 고백으로 이어지게 했다.

"저는 지금까지 제가 거짓말을 잘 하는 사람이란 걸 모르고 지냈어요. 친구들이 제게 거짓말을 잘 한다고 말을 하는 이유를 잘 몰랐어요. 그런데 지난 주 말씀을 읽다가 '옳다 옳다, 아니라 아니라 하라 이에서 지나는 것은 악이다' 는 말씀을 읽다가 깜짝 놀랐어요. 저는 지금까지 그게 악이라는 생각을 한 번도 해 본 적이 없었거든요."

그들은 이전에 성경을 진지하게 스스로 읽어본 적이 한 번도 없었다. 친구 따라 교회에 출석하고 성경 읽기 모임에 참석하면서 읽은 성경이 그들이 아는 성경의 전부였다.

그 자리에 참석했던 우리 모두는 매일 성경을 소리 내어 읽고 묵상하는 것의 소중함을 깨달았다. 그리고 성경은 어려운 책이 아니라 초신자도 얼마든지 읽기만 하면 하나님의 음성을 듣고 삶의 변화가 일어나는 책이라는 사실을 직접 체험하게 되었다.

§ 말씀을 먹는 QT

성경을 읽지 않는 오늘날의 현실을 꼬집는 이야기가 있다.

마이클은 얼마 전 한 집회에서 어떤 강사가 예수님은 은혜의 메시지를 전한 인물이었다고 말하는 것을 들었다. 예수님이 심판에 대해서는 별로 가르치지 않았고, 은혜와 용서와 사랑을 전파하셨다는 것이다. 그 모임에서 강사는 자신의 메시지를 귀담아 들으라고 거듭 강조했다.

모임이 끝난 뒤 마이클은 강사에게 물었다.

"글쎄요, 저도 은혜라는 측면에 매우 편중되어 있다는 걸 부인할 수는 없습니다. 물론 예수님이 용서의 복음을 전한 것은 엄연한 사실이지요. 그런데 그분이 심판에 대해 여러 번 비유로 말씀하신 것은 어떻게 하지요?"

"심판에 대한 비유라니요?" 하고 강사가 반문했다.

마이클이 예수님의 이야기 중 임박한 심판과 정죄를 경고하는 내용들(양과 염소, 지혜로운 청지기, 달란트의 비유 등)을 골라 이야기해 주자, 그 강사와 청중들은 모두 잠잠해졌다. 집회가 마친 뒤 참석자 중 몇 사람이 와서 마이클에게 말했다. 그 동안 그런 이야기를 잊고 있었다는 것이다.

마이클은 그들에게 다시 물었다.

"잊어버렸다고요? 혹시 한 번도 들어 본 적이 없는 것은 아닐까요?"

오늘날 많은 그리스도인들이 예수님의 생애와 가르침에 관해 자세히 모르고 있다. 그것은 그 의미를 깨닫지 못해서가 아니라 성경을 읽지 않기 때문이다. 각종 설교와 세미나, 학교는 많아져 가는데 정작 성경을 읽는 사람은 점점 줄어들고 있다. 오늘날 기독교는 풍요 속에 빈곤을 경험하고 있다. 한마디로 영양 불균형에 의한 영양실조에 걸린 것이다. 각종 강의와 설교를 통해 단편적인 성경 이야기와 주제에 대해서는 잘 알고 있지만, 성경이 말씀하는 바를 통전적으로 알지 못한다. 그래서 교회생활 10년이 지났는데도 성경구절 하나 제대로 찾지 못해 눈치 보는 사람을 쉽게 볼 수 있다.

그래서 성경을 먹어야 한다. 성경을 꾸준하게 읽고 묵상해야 한다. 성경을 읽고 묵상하는 과정이 바로 밥을 먹는 과정이다. 규칙적이고 지속적으로 성경을 읽고 묵상하면 어느새 단단한 식물도 얼마든지 먹을 수 있는 수준으로 성장해 있음을 깨달을 것이다.

그리스도인은 성경을 먹고 살아야 한다. 먹는다는 것은 그냥 읽는 것이 아니라 성경을 소리 내어 반복해서 읽는 것이다. 그리스도인은 단지 성경을 배우거나 연구하는 것이 아니라 그것을 먹어 소화시켜 몸에 살과 피가 되고 뼈를 굳게 만들도록 해야 한다. 밥은 하늘의 양식인 성경말씀이다. 하나님의 말씀을 묵상하다 보면 하나님에 대해, 그분의 성품과 자신의 인격성찰에 대해, 인간의 죄와 허물에 대해, 주신 은혜에 대한 감사와 찬양에 대해, 세상을 향한 분별의 지혜에 대해, 그리고 하나님의 뜻과 인도에 대해 발견하게 된다. 이러한 발견을 비벼먹는 과정인 묵상을 통해 하늘의 깊은 진리를 깨닫고 주님의 말씀을 듣게 되는 것이다.

너무 많은 지식과 정보를 찾아내려고 하면 소화하기 부담스러워 중도에 포기하게 된다. 우선 한 가지라도 먹는 것이 중요하다. 그날 주시는 한 가지 깨달음을 붙잡기 위해 읽고 깨닫는 단순한 묵상이 필요하다. 실제 QT학교에서 강의를 하다 보면, 강의의 특성상 자세하게 여러 가지 하나님의 음성을 발견하고 깨닫는 방법을 소개할 수밖에 없다. 그런데 그러한 모든 방법을 QT할 때마다 사용해서 묵상해야 하는 것은 아니다. 그날 그날 성령께서 인도하는 대로, 느낌을 주는 대로, 보여주는 대로 묵상하면 된다. 많은 내용을 발견하지 못한 것으로 인해 부끄러워할 필요도 없다.

예로부터 우리는 깨달음을 위한 독서방법을 터득하여 실천해 왔다. 주자는 "많이 읽기를 탐하고 빨리 읽고자 해서는 안 되며 푹 익기를 기다려야 한다"고 했다. 율곡 이이는 후학들에게 "많은 책을 읽고 많이 얻기를 탐하되 부산하게 이것저것 읽지 말 것"을 당부했다.

많은 정보보다 더 중요한 것은 그 중 하나라도 자신의 삶에서 피가 되고 살이 되는 자기 지식이 되도록 하는 것이다. 옛날 선조들은 오늘날처럼 지식과 정보를 수집하고 모으기 위해 학문하지 않았다. 그들은 학문을 통해 인격과 삶이 변화되고 지식에 걸맞은 삶을 살아가고 싶어 했다. 선조들의 학문하는 자세가 곧 성경을 읽고 묵상하는 믿음의 선배들이 지녀왔던 자세이기도 하다.

묵상을 통해 하나님의 음성을 들었던 이그나티우스 로욜라는 "영혼을 채우고 만족케 하는 것은 많은 것을 아는데 있지 않고, 실재를 깊이 이해하고 음미하는데 있다"고 했다. 그는 또한 수도원의 지도자들이 독서와 묵상을 위해 수도사들에게 너무 많은 자료를 주지 말아야 한다고 경고하기도 했다.

동양이든 서양이든 오늘날 교육의 가장 큰 문제가 바로 여기에 있다. 지식과 정보를 수집하는 법은 가르치지만, 정작 그것을 마음과 정신으로 경청하여 먹는 법을 가르치지 않는다. 많은 지식과 정보를 수집하기 위해서는 많은 책과 자료를 읽으면 된다. 그렇지만 지혜는 단순히 한 번 읽는 것으로 되는 것이 아니다. 한 번 읽은 것을 다시 반복해서 읽고 또 읽을 때 생겨나는 것이 바로 지혜다.

우리의 삶에 필요한 것은 지식보다는 지혜다. 그런 점에서 성경은 우리에게 지식을 전달하는 책이 아니라 하늘의 지혜를 전달하는 책이다. 하나님은 지식 있는 사람보다는 지혜가 있는 사람을 통해 일하길 기뻐하신다.

"브살렐과 오홀리압과 및 마음이 지혜로운 사람 곧 여호와께서 지혜와 총명을 부으사 성소에 쓸 모든 일을 할 줄 알게 하신 자들은 모두 여호

와께서 명령하신 대로 할 것이니라"(출 36:1)

하나님은 자신이 거할 처소가 될 성막을 만들도록 모세에게 명령하셨다. 하나님은 이스라엘 가운데 브살렐과 오홀리압과 기술 있는 지혜로운 사람들을 부르서서 성막을 만드는데 필요한 지혜와 총명을 주셨다. 하나님은 전문적인 지식이 있는 사람보다는 지식을 지혜롭게 사용할 줄 아는 사람을 뽑으셨다. 단순히 하나님이 지시하신 대로 제작할 사람이 아니라 그 지시를 따라 성령의 감동을 받아 지혜롭게 만들어낼 사람을 찾으셨던 것이다. 그러므로 하나님의 일은 지식이 있는 사람보다는 지혜로운 사람이 감당해야 한다.

지혜는 지식이 익고 곰삭을 때 나온다. 그래서 성경에서 말하는 '지혜'라는 단어 속에는 '숙련된(skillful)'이라는 의미가 숨겨져 있다. 기술자가 습득한 기술을 자신의 손과 발에 맞도록 오랜 시간 갈고 닦아 숙련되면 그때부터 그 기술을 통해 다양한 지혜가 발휘된다는 의미이다. 이것이 지식으로 일하는 사람과 지혜로 일하는 사람의 차이다.

그러므로 지식을 얻기 위해 QT하는 사람과 지혜를 얻기 위해 QT하는 사람은 엄연히 성경을 읽는 것부터 다를 수밖에 없다. 그리고 지혜를 얻기 위해 성경을 읽는 사람은 본문의 말씀에 익숙해지고 본문의 단어와 느낌에 친숙해질 때까지 읽는 사람이다.

성경에 대한 지식을, 하나님에 대한 지식을 얻고 싶다면 지금 당장 인터넷을 열고 각종 사이트에 있는 신앙Q&A를 뒤져보면 된다. 만약 그것도 귀찮다면 인터넷 포털 사이트에서 지식검색 하면 엄청난 양의 지식이 쏟아져 나올 것이다. 또한 수많은 설교 홍수시대에 살아가고 있기도 하다. TV, 라디오, 인터넷, 각종 매체를 통해 끊임없이 설교가 흘러나온다.

어떤 사람은 하루에 9편의 설교를 듣는 사람도 있다고 한다. 하나님의 말씀을 듣는 열심에 대해서는 높이 평가할 만하다. 그렇지만 하나님의 말씀을 통해 주시는 삶의 변화에 대해서는 의구심이 생길 수밖에 없다.

많은 말씀보다는 능력 있는 한 구절의 말씀을 제대로 먹는 것이 중요하다. 우리가 알고 있는 수많은 신앙의 위인들은 자신의 심령을 파고드는 하나님의 말씀 한 구절 때문에 인생을 기꺼이 하나님께 드렸다.

에콰도르 아우카 인디언 부족을 선교하려다 순교한 짐 엘리엇은 젊은 시절 그의 일기에 다음과 같이 자신의 묵상을 기록했다. "분명 어딘가 주님께서 제게 원하시는 일이 있습니다. 오, 저도 '예수께 잡힌바 된 그것을 잡기'를 간절히 원합니다." 그가 불꽃처럼 타오르는 삶, 예수 그리스도를 위해 기꺼이 단명하는 삶을 살아가고자 다짐했던 것은 "내가 이미 얻었다 함도 아니요 온전히 이루었다 함도 아니라 오직 내가 그리스도 예수께 잡힌바 된 그것을 잡으려고 달려가노라"(빌 3:12)는 말씀 앞에 순종했기 때문이다.

언젠가 지혜로운 농부 이야기를 들은 적 있다. 그는 지식을 지혜로 바꿀 줄 아는 농부였다.

'올해의 옥수수 경연대회'가 열리면 언제나 최고의 옥수수를 수확하여 올해의 옥수수 상을 받는 농부가 있었다. 이 농부는 옥수수를 심을 때가 되면 이웃에게 자신이 수확한 최고의 옥수수 씨앗을 나누어주곤 했다. 이것을 궁금하게 여긴 어느 기자가 질문을 했다.

"당신은 왜 자신의 옥수수 씨앗을 이웃에게 나누어줍니까?"

그러자 그 농부는 이렇게 대답했다.

"옥수수는 꽃가루가 바람에 날라 와야 열매를 맺게 됩니다. 그래서 주변에 나쁜 품종이 있으면 나쁜 품종의 열매를 맺게 됩니다. 내가 좋은 옥수수를 얻으려면, 주변에 좋은 옥수수가 많아야 합니다."

정말 지식을 지혜로 바꿀 줄 아는 농부였다. 이처럼 성경을 읽는 독자는 성경에 대한 지식보다 성경에서 하늘의 지혜를 얻기 위해 힘써야 한다.

성경에 대한 지식은 결코 사람을 변화시키지 못한다. 삶의 변화는 하나님의 말씀을 먹고 그 말씀을 지혜롭게 사용하는 사람에게 일어난다. 하나님의 말씀을 먹고 그 말씀을 또한 지체들과 함께 나눌 수 있는 지혜로운 청지기가 되어야 한다.

"주께서 이르시되 지혜 있고 진실한 청지기가 되어 주인에게 그 집 종들을 맡아 때를 따라 양식을 나누어 줄 자가 누구냐 주인이 이를 때에 그 종이 그렇게 하는 것을 보면 그 종은 복이 있으리로다"(눅 12:42~43)

지식을 구하는 QT에 머물러서는 안 된다. 많은 지식보다 한 문장, 한 구절이라도 읽고 또 읽는 가운데 하늘의 지혜를 깨달아야 한다. 그러므로 지식을 넘어 지혜로운 그리스도인이 되길 소망한다면 성경을 반복해서 읽어야 한다.

§ 먹으려면 읽어라

"복 있는 사람은 악인들의 꾀를 따르지 아니하며 죄인들의 길에 서지 아니하며 오만한 자들의 자리에 앉지 아니하고 오직 여호와의 율법을 즐거워하여 그의 율법을 주야로 묵상하는도다 그는 시냇가에 심은 나무가 철을 따라 열매를 맺으며 그 잎사귀가 마르지 아니함 같으니 그가 하는 모든 일이 다 형통하리로다 악인들은 그렇지 아니함이여 오직 바람에 나는 겨와 같도다 그러므로 악인들은 심판을 견디지 못하며 죄인들이 의인들의 모임에 들지 못하리로다 무릇 의인들의 길은 여호와께서 인정하시나 악인들의 길은 망하리로다"(시 1:1~6)

조금 전 당신은 소리 내지 않고 눈으로 이 시편 1편을 읽었을 것이다. 이제 시편 1편을 자신의 목소리가 귀에 들릴 정도의 소리로 천천히 읽어보라.

"복 있는 사람은 악인들의 꾀를 따르지 아니하며 죄인들의 길에 서지 아니하며 오만한 자들의 자리에 앉지 아니하고 오직 여호와의 율법을 즐거워하여 그의 율법을 주야로 묵상하는도다 그는 시냇가에 심은 나무가 철을 따라 열매를 맺으며 그 잎사귀가 마르지 아니함 같으니 그가 하는 모든 일이 다 형통하리로다 악인들은 그렇지 아니함이여 오직 바람에 나는 겨와 같도다 그러므로 악인들은 심판을 견디지 못하며 죄인들이 의인들의 모임에 들지 못하리로다 무릇 의인들의 길은 여호와께서 인정하시나 악인들의 길은 망하리로다"(시 1:1~6)

눈으로 읽는 것과 소리 내어 읽는 것의 차이가 느껴지는가? 다시 한 번 더 소리 내어 읽어보라.

"복 있는 사람은 악인들의 꾀를 따르지 아니하며 죄인들의 길에 서지 아니하며 오만한 자들의 자리에 앉지 아니하고 오직 여호와의 율법을 즐거워하여 그의 율법을 주야로 묵상하는도다 그는 시냇가에 심은 나무가 철을 따라 열매를 맺으며 그 잎사 귀가 마르지 아니함 같으니 그가 하는 모든 일이 다 형통하리로다 악인들은 그렇지 아니함이여 오직 바람에 나는 겨와 같도다 그러므로 악인들은 심판을 견디지 못하며 죄인들이 의인들의 모임에 들지 못하리로다 무릇 의인들의 길은 여호와께서 인정하 시나 악인들의 길은 망하리로다"(시 1:1~6)

앞에서 읽을 때와는 다른 느낌과 눈에 띄는 단어나 구절이 있었을 것 이다. 이렇게 수차례 읽기를 반복하게 되면 읽는 중에 집중한 단어나 구 절에 대해 스스로 뜻을 깨닫게 된다. 그리고 말씀을 깨닫고 그분의 음성 을 들을 수 있다. 말씀을 읽기만 했을 뿐이지만 이미 당신의 생각과 마음 은 관찰, 해석, 적용의 과정이 이리저리 뒤섞여 일어나서 스스로 뜻을 깨 닫게 된다.

깨달음은 결코 기계적인 과정을 통해 일어나지 않는다. 깨달음은 원 래부터 방향도 없고, 실체도 없다. 잡을 수도 없고, 묶어 둘 수도 없다. 성 경을 지속해서 반복적으로 읽는 중에 찾아오는 것이 깨달음이다.

만약 당신이 성경을 먹기 원한다면 성경을 읽어야 한다. 당신이 성경 을 통해 지식이 아니라 지혜를 얻기 원한다면 성경을 반복적으로 읽어야 한다. 성경을 먹는 유일한 방법은 당신의 귀에 성경이 들려지게 해야 한 다. 그것은 성경을 소리 내어 읽는 방법밖에는 없다.

3. QT, 쉽게 할 수 있다

§전통적인 독서법

내가 한국인의 묵상법에 대해 생각하기 시작한 것은 아버지의 성경 읽는 모습 때문이었다. 아버지는 새벽 4시에 일어나셔서 깨끗하고 단정한 모습으로 자신을 준비한 다음 새벽기도, 성경 읽기와 묵상으로 오전 시간을 보내신다. 오후에는 산책과 등산을 하고, 저녁에는 다시 성경과 함께 신앙서적을 읽다가 주무신다.

아버지는 자신이 읽고 묵상한 것을 자랑하지도, 그것을 누군가에게 가르치려고 하지도 않는다. 그저 말씀을 소리 내어 읽고 묵상하여 깊은 뜻을 깨치는 것을 가장 큰 보람으로 여기는 것 같다. 아버지는 성경을 읽고 기도하는 시간을 통해 말씀을 비비고 있었다. 그렇게 비벼진 말씀을 통해 깨달은 진리를 당신의 삶에 적용하는 것으로 기뻐하는 삶을 사신다.

그러다 가끔 목회의 길을 가는 아들을 위해 한 말씀 하신다. 멀리서 찾아온 아들의 이런저런 이야기에 귀를 기울이지 않는 것 같았는데, 불쑥 던지는 말씀은 언제나 정곡을 찌르는 말씀이었다.

아버지는 할아버지로부터 배운 학문하는 법을 따라 소리 내어 읽고 묵상하여 적용하는 것을 통해 성경을 비벼먹고 계셨다. 그와 같이 묵상하는 법은 과거 우리 선조들이 독서하는 방법이었다. 연암 박지원은 "천하 사람들이 모두 앉아서 독서한다면 천하는 평화로워질 것"이라고 했다. 선조들은 지식을 얻기 위해 책을 읽기보다는 책을 숙독하고 음미하는 과정을 통해 삶의 지혜와 철학을 깨닫고 실천하기를 원했다. 그래서 그는 독서할 때 책을 대하여 기지개를 켜서는 안 되며, 책을 대하여 침을 뱉어서는 안 된다고 했다. 만일 재채기가 나오면 고개를 돌려 책을 피해야 하며, 책을 베고 누워서는 안 되며, 책으로 그릇을 덮어도 안 되며, 책을 흐트러뜨려 놓아서도 안 된다고 했다. 선조들은 책을 소중하게 여겼을 뿐만 아니라 독서함에 있어서도 각별한 주의를 기울였던 것이다.

선조들은 반복적으로 읽고 묵상하고 실천하는 것을 통해 자신의 학문과 삶이 일치하는 삶을 살아가려고 했다. 나는 그와 같은 책을 대하는 자세가 바로 우리가 배워야 할 성경을 대하는 자세라고 생각한다. 성경을 읽는 목적은 하나님의 음성을 듣고 그 말씀대로 살아가려는 것이다. 성경을 읽지 않으면 참된 그리스도인의 삶으로 살아가기 힘들다. 그러므로 우리 선조들의 독서법을 따라 말씀과 삶의 일치가 일어나는 비벼먹는 묵상법을 배워야 한다.

전통적 독서법의 특징은 자신의 깨우침을 목표로 한다. 독서하는 사람은 자기 자신을 위해 글을 읽고, 자기 자신의 깨우침을 위해 묵상한다. 자기 자신의 깨우침을 위해 독서하고 경전을 연구한 뒤 깨달은 것을 함께 나누며 즐거워하는 것이 전통적 독서법이었다.

「행복수리공」의 원고 작업을 마치고 책을 만들어 줄 출판사를 찾고 있었다. 기대했던 출판사로부터 출판이 어렵겠다는 통보를 받은 뒤 상당히 의기소침해 있었다. 처음 가졌던 당당함은 어느새 사라지고 여기 저기 눈치 보며 출판사를 찾고 있었다. 그 시절 QT시간에 성령께서 깨닫게 하신 말씀으로 인해 믿음의 중대한 결단을 할 수 있었다.

"이르시되 너희 믿음이 작은 까닭이니라 진실로 너희에게 이르노니 만일 너희에게 믿음이 겨자씨 한 알 만큼만 있어도 이 산을 명하여 여기서 저기로 옮겨지라 하면 옮겨질 것이요 또 너희가 못할 것이 없으리라" (마 17:20)

신앙생활을 하면서 수도 없이 듣고, 또 가르쳤던 말씀이었다. 그런데 그날따라 이 말씀이 쉽게 지나쳐 지지 않았다. '겨자씨만한 믿음' 이라는 구절이 계속해서 마음에 남아있어서 나는 그 구절을 소리 내어 반복해서 읽었다.

그렇게 반복해서 읽으면 읽을수록 '겨자씨만한 믿음만 있으면 산을 옮길 수도 있다고 하는데, 지금 나에게는 겨자씨만큼의 믿음도 없단 말인가? 하는 의문이 마음을 괴롭혔다. 사실 목회자라고 하면 남들에게 소위 믿음 좋은 사람(?)으로 통하는데, 겨자씨만한 믿음이 없어서 걱정을 한다고 생각하니 더욱 답답했다.

　답답한 마음으로 말씀을 묵상하는 가운데 성령께서 깨우침을 주셨다. 믿음이 없는 것이 아니라 겨자씨만큼의 믿음도 사용하지 않는 것이 문제라는 것이다. 이미 예수 그리스도를 믿음으로 구원받았고, 죄의 종에서 믿음으로 하나님의 아들이 되었다. 세상에 그 믿음보다 더 큰 믿음이 어디 있을까! 그리스도인은 누구나 사망에서 생명으로 옮기게 한 믿음을 이미 갖고 있다. 그렇게 큰 믿음을 소유하고 있는 하나님의 자녀이지만, 정작 믿음을 사용해야 할 순간에는 겨자씨만큼도 사용하지 못하는 것이 문제라는 것이다. 그랬다. 겨자씨만큼의 믿음도 사용하지 못한 채 혼자 염려하고 있었던 것이다. 묵상 중에 성령께서 주신 깨달음을 붙들고 나에게 있는 믿음을 사용하겠다는 기도를 드렸다.

　염려와 불안을 믿음으로 떨쳐버리고 즉시 일어서서 믿음으로 출판을 의뢰하는 메일을 보냈다. 그리고 한 출판사로부터 「행복수리공」을 출판할 의향이 있다는 연락을 받았다. 책이 출판된 뒤에 알게 된 이야기지만, 출판사에 자신의 책을 출판해 달라는 메일이 수십 통씩 온다고 한다. 그런 메일 중에서 원고가 채택되는 일은 정말 기적과 같은 일이라고 했다. 더군다나 사람들에게 알려지지 않은 신인 작가의 경우는 더욱 그렇다고 한다.

　겨자씨만한 믿음만 사용해도 산을 옮길 수 있다는 말씀이 무엇을 뜻하는지 반복해서 성경 읽기를 통해 몸소 깨달았다. 이것이 지식을 넘어 지혜의 말씀이 되게 하는 묵상의 힘이다.

　"주 여호와께서 학자들의 혀를 내게 주사 나로 곤고한 자를 말로 어떻게 도와 줄 줄을 알게 하시고 아침마다 깨우치시되 나의 귀를 깨우치사

학자들 같이 알아듣게 하시도다"(사 50:4)

하나님의 말씀을 읽고 묵상하기 시작할 때 닫혔던 우리의 영적인 눈과 귀가 열리기 시작한다. 수없이 들었다는 자기만족보다 오늘도 새로운 만나로 먹이시는 하나님의 음성에 귀를 기울여야 한다. 주님은 아침마다 깨우쳐 주신다. '아침에'가 아니라 '아침마다'라는 사실을 주목해야 한다. 광야에서 이스라엘 백성들에게 날마다 새로운 만나로 먹이셨던 것처럼, 오늘도 주님은 그의 자녀들에게 날마다 새로운 말씀으로 먹이길 원하신다.

그러므로 우리에게도 익숙한 전통적 독서법을 따라 말씀을 읽고 묵상하기 힘써야 한다. 그렇게 지속한다면 주님은 우리의 눈과 귀를 열어 학자처럼 알아듣도록 깨우침을 주실 것이다.

§정약용의 독서법

조선시대 실학자요, 이론 위주인 경전을 새롭게 재해석한 경학을 통해 인간 됨됨이를 수양하고 경세학으로 세상과 나라를 경영하려 했던 인물이 바로 다산 정약용이다. 다음은 강진 유배시절에 만난 제자 황상에 대한 일화다.

황상이 열다섯 살 때인 1802년 정약용은 강진으로 유배를 오게 된다. 정약용의 소식을 듣고 제자가 되기 위해 황상은 선생을 찾아갔다.

"공부를 열심히 해서 훌륭한 사람이 되어야지."

"하지만 선생님! 저는 머리도 나쁘고, 앞뒤가 꽉 막혔고, 분별력도 모자랍니다. 저도 공부를 할 수 있을까요?"

잔뜩 주눅 든 소년 황상에게 선생은 다음과 같은 말로 용기를 북돋워 주었다.

"그럼 할 수 있고말고. 한 번만 보면 척척 외우는 아이들은 그 뜻을 깊이 음미할 줄 모르니 금방 잊고 말지. 한마디만 던져주면 금방 말귀를 알아듣는 사람들은 곱씹지 않으므로 깊이가 없지. 너처럼 둔한 아이가 꾸준히 노력한다면 얼마나 대단하겠니? 둔한 끝으로 구멍을 뚫기는 힘들어도 일단 뚫고 나면 웬만해서는 막히지 않는 큰 구멍이 뚫릴게다. 미욱한 것을 닦고 또 닦으면 마침내 그 광채가 눈부시게 될 것이야. 그러자면 어떻게 해야 되겠니? 첫째도 부지런함이요, 둘째도 부지런함이며, 셋째도 부지런함이 있을 뿐이다."

공부든 성경묵상이든 정약용의 충고는 마음에 새길만한 이야기임에 틀림없다. 동서고금을 막론하고 누구나 독서를 통해 하늘과 세상의 지혜를 얻고 싶어 한다. 그리고 그 지혜를 통해 인격과 삶의 변화를 경험하고 싶어 한다. 그렇다면 조급함을 버려야 한다. 그리고 부지런히 읽어 마음에 새겨야 한다.

정약용은 부지런히 경전을 읽고 그 속에 담긴 뜻을 헤아려 삶에 실천할 수 있는 방법을 소개한다. 경전을 통해 깊은 깨달음에 이르기 위해서는 세 가지 과정을 거치게 된다는 것이다. 그 과정은 **총피**(蔥皮), **정존**(靜存), **동찰**(動察)이다. 나는 이 세 가지 과정을 살펴보다 그 방법이 전혀 새로운 방법이 아님을 알게 되었다. 그것은 익숙하게 우리 몸에 배어 있을 뿐만 아니라 이미 실천하고 있는 전통적 독서법을 통한 묵상방법이었다. 즉, 소리 내어 읽고, 생각하고, 실천하는 방법이다.

§ 껍질을 벗기듯 읽어라

그는 책을 읽는 것을 음식 만들 때 파껍질을 벗겨내는 것에 비유한다. 여박총피(如剝蔥皮)라는 말은 책읽기를 총피, 즉 파껍질을 벗겨내듯 하라는 말이다. 파를 캐어 물로 씻고 뿌리를 자른 다음 겉을 에워싼 껍질을 벗겨낸다. 그러면 뽀얀 파의 속살이 드러나게 된다. 이것을 썰어 넣으면 파의 톡 쏘는 향취와 함께 맛이 제대로 들게 된다. 이때 껍질은 걷어내야 할 군더더기일 뿐이다. 이렇듯 독서에도 한 꺼풀 벗겨내야 할 절차가 있다.

파의 껍질을 계속해서 한 겹 한 겹 벗겨나가는 것은 '실마리'를 잡기 위해서다. 실마리를 잡아야 얽힌 실꾸리가 풀린다. 실마리를 잡지 않고서 실타래만 들쑤셔 놓으면 나중에는 완전히 뒤엉켜서 수습할 수 없게 된다. 먼저 핵심 개념을 잡아야 한다. 성경만 아니라 어떤 책이든지 독서할 때 가장 염두에 두어야 할 것은 이 본문에서 무엇을 말하고 있는가를 파악하는 것이 중요하다. 그러므로 실마리가 잡힐 때까지 소리 내어 반복해서 읽어야 한다.

나는 가나 혼인잔치에서 베푸셨던 표적을 통해 껍질을 벗겨낸다는 것이 무엇을 뜻하는지 발견할 수 있었다.

"예수께서 그들에게 이르시되 항아리에 물을 채우라 하신즉 아귀까지 채우니 이제는 떠서 연회장에게 갖다 주라 하시매 갖다 주었더니 연회장은 물로 된 포도주를 맛보고도 어디서 났는지 알지 못하되 물 떠온 하인들은 알더라 연회장이 신랑을 불러 말하되 사람마다 먼저 좋은 포도주를 내고 취한 후에 낮은 것을 내거늘 그대는 지금까지 좋은 포도주를 두었도다 하나라 예수께서 이 첫 표적을 갈릴리 가나에서 행하여 그의 영광을 나타내시매 제자들이 그를 믿으니라"(요 2:7~11)

이 말씀을 읽으면서 들었던 첫 번째 생각은 '왜 예수님은 가나 혼인 잔치에서 첫 번째 표적을 행하셨을까?' 였다. 그러한 의문을 가지고 다시 본문을 소리 내어 읽기 시작했다. 그리고 "좋은 포도주"라는 단어가 눈에 들어왔다.

이번에는 포도주라는 단어를 중심으로 본문을 다시 읽었다. 혼인잔 치에 포도주가 떨어졌고, 좋은 포도주와 좋지 않은 포도주가 있다는 말이 보이기 시작했다. 포도주는 분명 혼인잔치와 예수님의 표적의 의미를 푸 는 실마리가 될 것이라는 생각이 들었다.

혼인잔치란 모두가 기뻐하며 즐기는 잔치다. 새로운 가족이 탄생하 는 특별한 시간이기도 하다. 즐겁고 축복이 가득한 잔치의 흥을 돋우는데 가장 필요한 것 중 하나가 바로 포도주였다. 그런데 포도주가 떨어졌다. 포도주가 떨어졌다는 것은 더 이상 흥을 돋울 수 없고, 잔치도 끝이 나야 한다는 뜻이다.

예수님은 흥이 깨질 잔치에 더 좋은 포도주를 주셔서 큰 기쁨이 임하 도록 만드셨다. 모든 사람들이 충분히 마시고도 남을 정도로 풍성했다. 예수님이 만드신 포도주는 이전에 맛보지 못한 특별한 맛이었다. 예수님 이 만드신 포도주로 인해 잔치는 다시 계속되었고, 이전보다 더욱 기쁨이 넘치는 풍성한 잔치가 되었다.

포도주는 예수님께서 세상에 오신 목적을 풀어내는 실마리였던 것 이다. 가나 혼인잔치의 기적을 통해 예수님은 세상에서 이전에 경험하지 못한 기쁨을 주러 오신 것이다. 그 기쁨은 천국의 기쁨이다. 천국은 이전에 맛보지 못한 풍성한 기쁨이 있는 곳임을 기적을 통해 보여주고자 하셨던 것이다.

이처럼 파의 껍질을 한 꺼풀씩 벗겨내듯 성경을 읽으면서 발견한 실마리를 잡고 반복해서 읽다 보면 실타래가 풀어지는 것을 발견하게 된다. 이것이 바로 성경 읽기를 통한 관찰, 즉 총피의 과정이다.

그러면 이제 시편 1편의 말씀으로 껍질을 한 번 벗겨보자.

"복 있는 사람은 악인들의 꾀를 따르지 아니하며 죄인들의 길에 서지 아니하며 오만한 자들의 자리에 앉지 아니하고 오직 여호와의 율법을 즐거워하여 그의 율법을 주야로 묵상하는도다 그는 시냇가에 심은 나무가 철을 따라 열매를 맺으며 그 잎사귀가 마르지 아니함 같으니 그가 하는 모든 일이 다 형통하리로다 악인들은 그렇지 아니함이여 오직 바람에 나는 겨와 같도다 그러므로 악인들은 심판을 견디지 못하며 죄인들이 의인들의 모임에 들지 못하리로다 무릇 의인들의 길은 여호와께서 인정하시나 악인들의 길은 망하리로다"(시 1:1~6)

소리 내어 읽었는가? 당신이 발견한 실마리는 무엇인가? 그 실마리를 붙잡고 다시 반복해서 읽어보라. 그 실마리를 통해 무엇이 풀어지고 있는가?

§ 말씀이 생각 속에 머물게 하라

그는 소리 내어 반복적으로 읽는 것을 통해 껍질을 벗겨낸 독자에게

'정존'과 '동찰'의 과정을 통해 실제적인 학문의 단계에 도달해야 할 것을 당부한다.

정존은 조용히 따지고 살펴 그 깨달음을 마음에 간직하는 것이다. 즉, 묵상의 과정을 말한다. 이러한 정존의 모습을 베뢰아 사람들에게서 발견할 수 있다. 베뢰아 사람들은 간절한 마음으로 말씀을 받아 조용히 따지고 살피는 묵상을 하는 신사적인 사람이었다(행 17:11). 신사적이라는 표현은 마음이 고상하고, 고귀한 가문 출신이라는 뜻이다. 즉, 그들은 선비와 같은 모습으로 하나님의 말씀을 생각 속에 머물게 했다는 것이다. 또한 우리는 정존의 모습을 예수님의 어머니 마리아를 통해 발견할 수 있다. 마리아는 어린 시절 예수님의 범상치 않은 말과 행동에 대해 그냥 흘려버리지 않았고, 그 모든 것을 마음에 소중히 간직하였다(눅 2:51).

대부분 말씀을 묵상하는 그 시간에는 말씀을 이리저리 생각해보지만, 그 시간이 지나면 잊어버리기 일쑤다. 진정한 말씀묵상은 마음에 소중히 말씀을 간직하는 정존에 있다. 예수님의 모친 마리아처럼, 베뢰아의 그리스도인들처럼 말씀을 마음에 간직하는 묵상을 해야 한다.

말씀을 마음에 간직하는 사람은 단순히 성경을 몇 번 읽었느냐에 관심을 갖지 않는다. 오히려 그 속에 담겨진 뜻을 생각하여 깨닫기 원한다. 지금은 당장 이해가 되지 않고 풀리지 않지만, 그 말씀을 마음에 간직하고 있는 한 반드시 풀리게 될 것을 믿는 사람이다. 이러한 기대가 있는 사람에게 성령님은 말씀하시고 깨닫게 해주신다.

다시 가나 혼인잔치 이야기로 돌아가 보자. 나는 가나 혼인잔치의 말씀을 반복해서 읽었을 때 예수님은 세상에서 이전에 경험하지 못한 기쁨을 주러 오셨다는 실타래를 풀었다. 그렇지만 그 말씀을 온전히 나에게 주시는 말씀으로 받아들이기에는 아직 뭔가 부족하다는 생각이 들었다. 그래서 "좋은 포도주"라는 말씀을 마음에 간직하고, 하루 동안 계속해서 생각해 보기로 했다.

"연회장이 신랑을 불러 말하되 사람마다 먼저 좋은 포도주를 내고 취한 후에 낮은 것을 내거늘 그대는 지금까지 좋은 포도주를 두었도다 하니라"

점심식사를 마치고 커피 한 잔을 하기 위해 책상에 앉았다. 그때 아침에 묵상했던 '좋은 포도주'라는 말씀이 생각났다. 다시 그 말씀의 의미를 생각하기 시작했다. 그러다 문득 '이것이 바로 나에게 주시는 성령의 음성이구나' 하는 생각이 들었다.

그랬다. 나에게 있어 좋은 포도주는 바로 말씀묵상이었던 것이다. 예수님은 날마다 좋은 포도주로 말씀을 묵상하는 나에게 기쁨이 충만하도록 해주시겠다는 약속의 말씀처럼 들렸다. 그리고 "지금까지 좋은 포도주를 두었도다"는 말씀은 하나님의 말씀을 지속적으로 간직하는 삶에 대한 도전이기도 했다.

오늘날은 좋은 포도주인 하나님의 말씀이 떨어져 잔치가 끝나는 날까지 먹지 못하는 것과 같은 말씀의 기근 시대이다. 이러한 시대에 주님은 물로 포도주를 만들 듯 성경을 살아있는 하나님의 말씀으로 변화시켜 주실 것이다. 그래서 사람들은 연회장처럼 말하게 될 것이다. "그대는 지금까지 좋은 포도주를 두었도다." 좋은 포도주를 간직하는 삶, 그것이 바로 성경말씀에 대한 정존이었다.

모두가 좋아하고 즐거이 부르는 노래 중에 '주님 말씀하시면'이라는 노래가 있다. 사람들은 이 노래의 가사처럼 주님의 음성 듣기를 간절히 원하고 있다.

"주님 말씀하시면 내가 나아가리다
주님 뜻이 아니면 내가 멈춰서리다
나의 가고 서는 것 주님 뜻에 있으니
오 주님 나를 이끄소서"

모든 그리스도인은 주님의 음성을 듣고 싶어 한다. 그런데 현실은 하나님의 말씀을 점점 깨닫기 힘든 듯하다. 풍월을 읊는 사람은 많아지는데 정작 깊은 뜻을 깨달아 생각과 삶의 변화를 주려는 사람은 점점 줄어드는 것 같다. 그러다 보니 마음에 간직할 만한 하나님의 말씀이 없어 더 이상 잔치를 진행할 수 없는 그런 상황에까지 이르고 있다. 진짜 문제는 그분의 음성을 듣기 위해 말씀을 생각 속에 담지 않는다는 것이다. 주님의 음성을 듣고 주님의 뜻을 따라 인도받기 원한다면, 먼저 멈추어 서서 정존해야 한다. 하나님의 말씀을 소중히 간직하는 정존의 시작이 바로 경건의 시간이다. 이 시대는 하나님의 말씀을 생각 속에 머물게 하는 정존이 필요한 시대다. 읽고 깨달은 말씀을 가만히 마음에 간직하여 그 뜻을 새겨 보는 정존의 사람을 하나님은 찾고 계신다.

그러면 이제 시편 1편의 말씀으로 당신의 생각 속에 머물게 하는 정존을 실습해 보자.

"복 있는 사람은 악인들의 꾀를 따르지 아니하며 죄인들의 길에 서지 아니하며 오만한 자들의 자리에 앉지 아니하고 오직 여호와의 율법을 즐거워하여 그의 율법을 주야로 묵상하는도다 그는 시냇가에 심은 나무가 철을 따라 열매를 맺으며 그 잎사귀가 마르지 아니함 같으니 그가 하는 모든 일이 다 형통하리로다 악인들은 그렇지 아니함이여 오직 바람에 나는 겨와 같도다 그러므로 악인들은 심판을 견디지 못하며 죄인들이 의인들의 모임에 들지 못하리로다 무릇 의인들의 길은 여호와께서 인정하시나 악인들의 길은 망하리로다"(시 1:1~6)

당신이 붙잡았던 실마리는 무엇인가? 그 실마리를 작은 소리로 읽으면서 마음에 새겨보라. 그리고 그 뜻을 발견할 때까지 말씀을 마음에 간직하겠다는 기도를 드려보라.

§ 움직임을 살펴라

정약용은 또한 독서를 통해 깨달은 것을 생활에 적용하는 통찰을 강조했다. 면밀히 따져 관점을 세운 후 비로소 실제에 적용하는 과정을 말한다. 말씀을 생각 속에 머물게 하는 묵상의 과정을 통해 발견한 깨달음과 그분의 음성을 실제 생활 속에 적용하여 보는 것이다.

어떤 형제가 사막의 은둔자에게 물었다고 한다.

"하나님을 기쁘시게 하려면 어떻게 해야 합니까?"

그 은둔자는 옷을 벗어 허리에 걸친 다음, 두 팔을 옆으로 벌리고 말했다.

"수도자는 이렇게 되어야 합니다. 모든 것을 벗어던져야 하며, 세상과 벌인 싸움과 유혹을 십자가에 못 박혀야 합니다."

그는 자신의 삶과 행동을 살피는 통찰이 무엇인지 몸소 보여주었다. 통찰은 깨달은 하나님의 말씀을 스스로 실험하고 실천하여 자신만의 가치관과 삶의 행동을 만드는 과정이다. 성숙하고 온전한 신자가 된다는 것은 이러한 통찰이 풍성해지는 것을 의미한다. 사도 바울은 통찰을 통해 얻는 유익을 다음과 같이 말한다.

"능히 모든 성도와 함께 지식에 넘치는 그리스도의 사랑을 알고 그 너비와 길이와 높이와 깊이가 어떠함을 깨달아 하나님의 모든 충만하신 것으로 너희에게 충만하게 하시기를 구하노라"(엡 3:18~19)

깨달은 말씀은 통찰을 통해 더 넓고, 길고, 높고, 깊은 하나님의 살아 있는 말씀이 된다. 나는 가나 혼인잔치 이야기를 묵상하면서 내 삶을 돌아보게 되었다. 하나님의 말씀이 과연 내 삶에서 얼마나 좋은 포도주가 되고 있는지, 혹시 나는 포도주가 떨어진 줄도 모르고 삶의 향연에 젖어 있는 것은 아닌지 돌아보았다.

"항아리에 물을 채우라."

그때 나는 깨달았다. 주님은 채워진 항아리의 물을 포도주로 만드셨다. 그렇다면 나에게 지금 필요한 것은 항아리에 물을 채우는 것이다. 항아리에 포도주를 채우는 것이 아니라 물을 채워야 한다. 물을 포도주로 바꾸는 것은 주님이 하신다. 내가 날마다 말씀을 반복해서 읽어 영혼의 항아리에 말씀을 채우게 되면 주님은 그 말씀을 포도주가 되게 하실 것이다. 그러므로 나는 말씀을 읽는 채움의 시간을 가져야 한다. 즉시 나는 주님께 기도하기 시작했다.

"주님, 하나님의 말씀을 날마다 읽겠습니다. 반복해서 읽겠습니다. 한 번 읽고 어렵다는 말로 항아리를 채우는 일을 멈추지 않겠습니다. 예수님의 말씀에 순종한 하인들처럼 매일 저의 항아리에 가득히 하나님의 말씀을 채우겠습니다. 저의 항아리에 담긴 말씀을 좋은 포도주로 변화시켜 주소서. 기쁨의 말씀으로 인해 날마다 축제의 삶이 되게 하소서.”

그러면 이제 시편 1편의 말씀을 실제 삶에 적용하는 통찰을 실습해 보자.

“복 있는 사람은 악인들의 꾀를 따르지 아니하며 죄인들의 길에 서지 아니하며 오만한 자들의 자리에 앉지 아니하고 오직 여호와의 율법을 즐거워하여 그의 율법을 주야로 묵상하는도다 그는 시냇가에 심은 나무가 철을 따라 열매를 맺으며 그 잎사귀가 마르지 아니함 같으니 그가 하는 모든 일이 다 형통하리로다 악인들은 그렇지 아니함이여 오직 바람에 나는 겨와 같도다 그러므로 악인들은 심판을 견디지 못하며 죄인들이 의인들의 모임에 들지 못하리로다 무릇 의인들의 길은 여호와께서 인정하시나 악인들의 길은 망하리로다”(시 1:1~6)

껍질을 벗기듯 반복해서 읽고 말씀을 묵상하는 가운데 주셨던 말씀은 무엇인가? 그 말씀이 당신의 삶에서 구체적으로 의미하는 것은 무엇인가? 당신에게 어떤 도전과 결심을 하게 만드는가?

§성경을 비벼보자

딴 따라따라 딴 딴따~ 딴 따라따라 딴 따따

초등학생을 대상으로 하는 피아노 콩쿨을 참관한 적이 있는데, 참가자들이 피아노 CF로 귀에 익숙한 모차르트의 소나타를 지정곡으로 각자 선생님으로부터 배운 방식에 따라 연주하고 있었다. 맑은 소리, 깊은 소리, 경쾌한 소리, 잔잔한 물소리, 그리고 묵직한 소리. 같은 곡을 수십 번 듣고 있노라니 누가 잘 치는지 어설프지만 심사위원이 되어 분별할 수 있을 것 같다는 생각이 들었다.

가만히 학생들의 연주하는 소리를 들으면서 '같은 곡을 연주하는데도 저렇게 다를 수 있을까? 무엇이 다르게 연주하도록 만들까?' 하는 생각을 해보았다. 비록 같은 곡이라 할지라도, 연주하고 감상하는 사람의 관점에 따라 다르게 들릴 수 있다. 연주하는 사람이든 감상하는 사람이든 그들은 각자의 감정에 따라 그 곡을 묵상하여 해석하고 있기 때문이다.

그러므로 가장 좋은 연주를 위해서는 작곡자의 처음 의도를 충분히 파악해야 하고, 악보를 잘 읽어야 한다. 그런 다음 작곡자의 의도가 무엇인지, 어떻게 연주해야 할지 깊이 묵상해야 한다. 읽기와 묵상의 과정이 끝나면 최선을 다해 그 해석한 느낌과 감정을 쏟아내는 연습을 하면 된다. 그때 최고의 연주가 탄생하게 되는 것이다.

최고의 연주는 바르고 깊은 묵상과 최선을 다하는 연습과 연주가 어우러질 때 가능하다. 이처럼 총피, 정존, 통찰의 과정은 성경묵상과 독서의 과정에만 국한된 것이 아니라 모든 일상의 삶에서 적용된다. 사람들은 순간순간 읽고, 생각하고, 실천하는 과정을 통해 일과 사람과 사물을 이해하고 그에 합당한 반응을 하고 있기 때문이다.

동일하게 성경을 읽는 독자는 읽기, 묵상, 적용이라는 세 가지 과정을 거치게 된다. 껍질을 벗겨 내는 읽기(총피), 자신을 조용히 돌아보는 묵상(정존), 일상생활에서 깨달은 말씀을 실천하기 위해 적용(통찰)의 과정을 거치는 것이다. 이것은 하나님의 말씀을 매일 묵상하며 참 신앙으로 살아가려는 성도에게 시사하는 바가 크다. 온전한 신앙도 결국 하나님의 말씀을 어떻게 묵상하여, 그 말씀을 최선을 다해 실천하는가에 달려 있기 때문이다.

성경 읽기를 통해 말씀이 담겨지지 않으면 바른 묵상이 시작될 수 없다. 묵상의 과정이 잘못되면 적용 단계에서도 문제가 생긴다. 바른 묵상을 위해서는 묵상에서 적용으로 이어지고, 적용이 다시 성경 읽기와 묵상으로 다시 돌아가는 과정이 있어야 한다. 세 가지가 따로 놀면 안 된다. 그러나 읽기, 묵상, 적용의 시간이 반드시 순서대로 이루어지는 것은 아니다. 이 세 가지가 서로 뒤죽박죽 섞일 때 강력한 말씀묵상이 일어나게 된다. 이는 마치 그릇 안에서 각종 나물과 밥과 양념이 서로 뒤죽박죽 어우러져 맛있는 비빔밥이 만들어지는 것과 같은 이치다. 그래서 묵상은 비벼 먹는 과정인 것이다.

알리스터 맥그래스는 성경을 읽고 그 유익을 누리는 방식에 관한 중요한 두 가지 측면을 소개한다. '논리적 분석의 영역' 과 이미지에 기초한 '상상의 영역' 이다. 두 가지 영역 중 어느 한쪽만으로는 성경을 충분히 알 수 없다고 한다. 성경에 사용된 언어를 자세히 연구해 보면 그 점을 분명히 알 수 있다.

성경을 읽고 묵상할 때는 어느 한쪽에만 치우쳐서는 안 된다. 성경묵상을 통해 최고의 유익을 얻으려면 우리의 지성과 가슴과 상상이 하나로 모아져야 한다. 어떤 사람은 성경의 개념을 논리적으로 분석하는데 흥미를 느끼는 사람이 있다. 이들은 전통적으로 조직신학 분야와 관련된 성향을 가지고 있는 사람이다. 그런가 하면 성경의 시각적 이미지와 그 정서

적 힘에 마음이 끌리는 사람도 있다. 이들은 이러한 감정들을 예술작품으로 표현하기를 원한다. 시인이나 예술가를 경시하는 조직 신학자는 복음의 넘치는 부요함을 깨닫지 못할 수 있다. 이런 개념적인 사람들은 자기가 사물을 보는 눈이 그 사물의 실체라고 생각하는 가장 미묘하면서도 치명적인 덫에 빠져들 수 있기 때문이다.

그래서 통합적으로 성경을 비벼먹어야 한다. 성경을 비벼먹는 과정은 분석적인 사고력에 비중을 두는 반복해서 읽기와 시각적 이미지와 정서적 힘에 비중을 두는 묵상이 서로 통합적으로 비벼지는 것을 말한다. 그러므로 우리가 반복적으로 성경을 읽을 때 논리와 사고력으로 껍질을 벗기는 총피와 그 말씀을 시각과 감정을 통해 직감적으로 느끼고 유추해 내는 정존이 어우러져 진정한 살아 움직이는 말씀, 즉 적용이 일어나게 되는 것이다.

다시 말하면, 성경을 읽다가 느낌이 오는 말씀을 곧바로 적용하고, 적용하다 보면 자신의 삶을 돌아보는 묵상으로 되돌아가게 된다. 그래서 묵상하다 보니 성경을 제대로 읽지 못한 것을 깨닫게 되어 다시 성경을 꼼꼼하게 읽게 된다. 결국 이전에 발견하지 못한 하나님의 뜻과 길을 보게 되고 그 깨달음을 통해 말씀하시는 하나님의 음성에 반응하여 적극적인 기도와 실천으로 나아가게 되는 것이다.

성경을 비벼먹는다는 것은 읽기, 묵상, 적용이 요리조리 뒤섞일 때 진정으로 살아있는 하나님의 말씀을 먹게 된다는 말이다. 먼저 기억해야 할 것은 우리는 이미 성경을 비벼먹고 있다는 것이다.

2부

QT,
다시 시작하자

4. 듣기 : 살아있는 하나님의 말씀

§질그릇에 담긴 보배

건설 회사를 다니던 남편이 경제적 여파로 실직하게 되는 어려움이 찾아왔다. 그동안 가족들은 남편이 정리해고 되지 않도록 간절히 기도해 왔었다. 간절한 기도에도 불구하고 남편은 회사로부터 해고를 당했다. 그토록 간절히 기도했건만….

그동안 함께 기도해 주었던 주위의 많은 사람도 함께 슬퍼했다. 어느새 몇 달이 훌쩍 지나가 버렸고 부부는 그 아팠던 상실감도 이제는 조금 잊은 듯했다. 그러나 아직 그 가정에는 별다른 해결의 기미는 보이지 않았다.

말씀사경회가 열렸다. 교회에서는 하나님 능력의 말씀과 '시대의 고통' 가운데 있는 성도를 향한 평안과 위로의 메시지가 울려 퍼지고 있었다. 은혜로운 말씀이 끝나고, 함께 찬양을 부르고 있을 때였다.

"내일 일은 난 몰라요. 하루하루 살아요. 불행이나 요행함도 내 뜻대로 못해요…."

찬양이 심금을 울리며 퍼지고 있을 때 교회당 문이 삐걱하며 열렸다. 조그마한 식당에서 아르바이트 하던 남편이 들어왔다. 추운 날씨였지만 마지막 은혜라도 받고 싶어서 허겁지겁 달려왔던 것이다. 뒷자리에 앉아서 집회 내내 뒤를 힐끔힐끔 돌아보던 아내는 반갑게 일어나 남편의 차가운 손을 잡아주며 함께 자리에 앉았다.

"불과 같은 성령이여 내 맘에 항상 계셔 천국 가는 그날까지 주여 지켜주옵소서"

눈을 감고서 함께 부르고 있는 그들의 얼굴에는 이미 하나님께서 주시는 평안이 가득함을 알 수 있었다. 두 사람이 다정하게 손잡고 앉은 뒷모습이 참 아름다웠다. 어느새 나도 모르게 그 부부를 위해 기도하고 있었다.

"주님, 그들에게 평안을 주셔서 감사합니다. 천국 가는 그날까지 그 평안 잃지 않게 하소서."

그들은 QT학교를 통해 한국인의 성경묵상에 대해 배운 후 부부가 함께 매일 말씀묵상을 나누고 있었다. 당시 하나님께서 말씀묵상 가운데 이런 말씀을 주셨다고 한다.

"우리가 이 보배를 질그릇에 가졌으니 이는 심히 큰 능력은 하나님께 있고 우리에게 있지 아니함을 알게 하려 함이라 우리가 사방으로 우겨쌈을 당하여도 싸이지 아니하며 답답한 일을 당하여도 낙심하지 아니하며 박해를 받아도 버린 바 되지 아

니하며 거꾸러뜨림을 당하여도 망하지 아니하고 우리가 항상 예수의 죽음을 몸에 짊
어짐은 예수의 생명이 또한 우리 몸에 나타나게 하려 함이라"(고후 4:7~10)

부부가 함께 소리 내어 성경을 읽는데 '보배' 라는 단어가 눈에 띄었
다. 반복해서 읽으면 읽을수록 더욱 '보배' 와 함께 '가졌다' 는 말씀이 부
부의 마음을 사로잡았다.

"여보, 우리가 무슨 보배를 가졌어요?"

아내가 남편에게 물었다. 남편도 그 말씀의 답을 찾고 있었다.

"그런데 오늘 말씀이 너무 우리 상황과 비슷한 것 같아."

부부는 다시 소리 내어 성경을 읽기 시작했다.

"답답한 일을 당하여도 낙심하지 아니하며… 예수의 생명도 우리 몸
에 나타나게 하려 함이라."

부부는 소리 내어 읽기를 멈추고 서로를 가만히 쳐다보았다. 서로의
눈빛에서 동일한 깨달음이 있음을 직감했다. 남편은 아내를 와락 껴안았
다.

"여보, 우리 낙심하지 맙시다. 우리에겐 보배가 있잖소."

QT 나눔 시간에 부부는 주님이 주신 위로의 말씀을 그렇게 나누었
다. 그리고 더욱 굳세게 하나님의 말씀을 붙들려는 듯 이렇게 말했다.

"저의 가정에는 보배가 있어요. 그 보배 덕분에 우리는 언제나 든든
합니다. 지금 식당에서 배달을 하지만, 결코 실망하지 않을 겁니다."

그랬다. 그들은 사방으로 우겨쌈을 당하고, 답답한 일을 당하여도,
핍박을 받아도, 거꾸러뜨림을 당해도 좌절하지 않을 수 있는 힘을 말씀을
통해 얻고 있었다.

§ 잠들게 하는 책

"만화책이나 소설책은 잘 읽어지는데, 성경책은 한 페이지도 집중해서 읽기 힘들어요."

간혹 QT학교 참석자 중에 이렇게 솔직한 고민을 털어놓는 분이 있다. 나의 경우도 만화책을 읽으면서 잡념이 찾아왔던 적은 없었던 것 같다. 또한 만화책 읽다가 잠든 적도 없다. 오히려 만화책을 읽다가 밤을 새웠던 기억은 참 많다. 왜 만화책을 읽으면 딴 생각이 들지 않을까? 성경처럼 글자로 충만한 무협지는 왜 잠을 달아나게 만드는 것일까?

만화는 그림과 글자가 조화를 이루어 상상력을 자극하는 책이기 때문이다. 지식을 얻기 위해 만화책을 읽기보다 머릿속에서 펼쳐지는 버라이어티하고 스펙터클한 상상 속에 빠져드는 즐거움 때문에 읽는다. 만화보다 더 강력한 상상력을 자극하는 책이 바로 무협지다.

한 번이라도 성경을 읽어본 사람이라면 성경이 얼마나 잠을 오게 하는 책인지 잘 알고 있다. 성경만 읽으면 주님의 뜻과는 상관없는 수많은 계시와 환상(?)이 마음과 생각을 사로잡는다. 결국 오늘도 성경말씀과 하나님의 음성에 집중하지 못한 채 온갖 상념에 빠져들다 성경책을 베게 삼아 곤히 잠들어버리는 자신을 발견하게 된다.

그렇다면 성경책은 살아있는 하나님의 말씀인데, 왜 잠이 오는 것일까? 주님께서 사랑하시는 자에게 잠을 주시기(시 172:2) 때문인가? 결코 그렇지 않다. 성경을 읽으면 잠이 오는 이유에 대해 몇 가지로 생각해 보면 다음과 같다.

첫 번째는 '시각적 스트레스 증후군' 때문이다. 갑자기 흰종이에 새

까맣게 채워진 문자들을 보면서 시각적 스트레스를 받게 되고 그 결과 읽고 있는 내용에 대해 뇌가 수용하지 않으려고 하기 때문이라는 것이다.

두 번째는 습관적으로 일어나는 무조건 반사적인 현상 때문이다. 성경을 읽다가 잠이 들었던 경험과 사람들을 통해 들었던 성경을 읽다가 잠이든 경험담으로 인해 몸이 자동적으로 반응하기 때문이라는 것이다.

세 번째는 좋지 못한 독서 습관과 자세 때문이다. 책을 읽으면 졸음이 오는 가장 중요한 이유가 바로 여기에 있다고 생각한다. 책을 읽는 바른 습관을 배우지 못했기 때문이다. 성경책은 만화책과 다르다. 만화책은 아무 때나 아무리 주위가 산만해도 얼마든지 집중해서 읽을 수 있다. 왜냐하면 만화를 통해 깊은 묵상과 깨달음, 그리고 하늘의 지혜를 얻으려는 사람은 없기 때문이다. 즉, 만화를 읽는 목적과 성경을 읽는 목적은 다르기 때문이다. 그러므로 만화를 읽는 자세와 성경을 읽는 자세도 달라야 한다.

성경을 읽을 때 어떤 자세로 읽느냐가 그 사람의 마음가짐을 반영한다. 성경을 엎드려서 읽는 사람이라면 그는 가장 편안한 자세로 성경을 읽는다고 생각할 것이다. 그런데 너무 편안해서 잠들어 버릴 수 있음을 간과해서는 안 된다. 한 장도 읽지 못했는데 가슴이 답답해 오고 지겨워 하는 사람이 있다. 그는 집중하여 읽는 훈련이 되어 있지 않기 때문이다. 집중한다는 것은 성경 이야기의 흐름을 따라갈 수 있어야 한다는 말이다. 이야기의 흐름을 따라가지 못하면 잡념이 생기고, 결국 침을 흘리며 성경책 위로 엎어져 잠들어버리고 만다.

성경은 잠들게 하는 책이 아니다. 성경은 잠자는 영혼을 깨우는 책이다(슥 4:1). 성경을 읽을 때 살아계신 하나님의 말씀이 들려온다는 뜻이

다. 그래서 성경을 읽는다는 것은 곧 하나님의 임재 앞에 나아가는 것이
다.

　유대인들은 언제나 성경을 살아계신 하나님의 말씀으로 받아들였
다. 그래서 성경을 매우 중요하게 여겼으며, 겸손한 마음으로 받아들이고
실천했다. 성경을 머리로써가 아니라 자신의 '전 존재'로 읽으려고 했다.
그래서 성경말씀을 성구 갑에 넣어 머리에 매고 다니거나 옷단에 넣어 다
니기도 했던 것이다.

　성경을 만화책이나 소설책처럼 그냥 읽겠다는 생각에서 읽고 듣겠
다는 자세로의 변화가 필요하다. 주의를 기울여 읽고 들으려 할 때 온 몸
과 영혼이 깨어 있게 되는 것이다. 한 꺼풀 한 꺼풀 껍질을 조심스럽게 벗
겨내듯 성경을 읽을 때 숨겨졌던 보화의 귀퉁이가 보이게 된다. 그리고
더 많은 보화를 발견하고 싶은 호기심에 빠져들게 되고, 그 결과 성경말
씀으로의 몰입을 경험하게 된다.

§ 살아있는 하나님의 말씀

"그러나 내가 가는 길을 그가 아시나니 그가 나를 단련하신 후에는 내가 순금
같이 되어 나오리라"(욥 23:10)

　이 말씀을 하나님께서 자신의 가정에 주신 말씀으로 믿고 그 말씀을
의지하며 살아가는 멋진 가정을 QT학교를 통해 만난 적이 있다.

　그 가정에는 초롱초롱한 큰 눈이 예쁜 아들 예찬이와 애교 덩어리 딸
예인이가 있다. 하나님은 그 가정에 특별한 사명을 주셨다. 아들 예찬이

가 시각장애를 가진 채 태어난 것이다.

예찬이의 눈을 검사했던 의사 선생님은 아무것도 보이지 않는 상태로써 앞으로도 좋아질 가능성이 전혀 없다고 하였다. 부부는 검사 결과를 듣고 너무나 절망스러워 눈물만 흘렸다. 그러다 문득 자신이 예찬이의 엄마라는 생각에 정신이 번쩍 들었단다.

부부는 예찬이를 보내주신 하나님의 뜻이 무엇인지 알 수는 없지만, 분명 선한 길로 인도해 주시리란 작은 믿음을 갖고 있었다.

"하나님, 저는 이 아이를 어떻게 키워야 할지 자신이 없어요. 하나님께서 이 아이를 키워주세요."

다행히 예찬이는 저시력 말고는 건강하고 씩씩하게 잘 자라 유치원에 입학했다. 시각 대신 청각이 발달한 예찬이는 한번 들은 노래는 잊어버리지 않고 집에 돌아와 피아노를 치곤했다. 비록 예찬이로 인해 어려움은 있었지만, 피로회복제 같은 예인이의 재롱을 보면서 행복한 가정을 꾸려 나갔다.

그런데 그 작은 행복도 잠깐이었다. 잘못 선 보증으로 인해 집이 강제경매 위기까지 간 것이다. 다행히 하나님은 그 위기에서 건져주셨지만, 매달 월급이 차압당해 겨우 먹고 살만큼의 생활비로 살아야 했다.

"하나님, 왜 이렇게 힘들고 어려운 삶을 저에게 주시는 거죠?"

그 시절 부부가 함께 QT학교 참석하여 성경을 읽고 묵상하면서 받았던 말씀이 바로 그 말씀이었다.

"그러나 내가 가는 길을 그가 아시나니 그가 나를 단련하신 후에는 내가 순금 같이 되어 나오리라"(욥 23:10)

지금도 상황이 달라진 것이 없다. 예찬이는 계속해서 거의 보지 못할 것이고, 재정 상황도 별로 나아지지 않았다. 그렇지만 부부는 이전보다 더 하나님의 말씀을 굳게 붙들고 있다. 매일아침마다 만나는 하나님의 말씀으로 위로받고 새 힘을 얻는다.

하나님의 말씀을 묵상한다는 것은 하나님의 말씀이 자신의 삶에 살아서 역사하는 것을 보기 원한다는 말이다. 살아있는 하나님의 말씀인 성경은 사람의 마음과 생각을 돌아보게 하고 변화를 받아 새로운 삶을 살아가도록 이끄는 능력이 있다. 그래서 성경을 읽는 독자들의 삶과 영혼을 움직이게 만드는 운동력이 있는 것이다.

그렇다면 하나님의 말씀이 어떤 점에서 살아있다는 말일까?

첫째, 생각의 변화를 가져다주는 책이기 때문이다. 성경을 읽는 중요한 목적은 세계관의 변화에 있다. 하나님의 말씀은 세계관을 변화시킨다. 말씀이 역사하는 곳에는 생각이 변하고, 삶이 변하고, 가치관이 변하고, 세계관이 변한다. 그러한 변화가 일어나는 것이 정상이다. 왜냐하면 하나님의 말씀은 지금도 심령 골수를 찔러 쪼개는 날선 검과 같이 살아있기 때문이다(히 4:12).

둘째, 시대를 뛰어넘어 성경은 영적 지혜를 주는 책이기 때문이다. 성경은 일반 서적과 다르다. 성경을 읽는 이유는 하나님의 뜻대로 세상을 살아가는 지혜를 발견하기 위함이다. 성경을 묵상하여 결국 얻어야 할 것은 하나님의 지혜와 분별을 위한 계시의 말씀이다.

셋째, 하나님의 감동을 받은 말씀이 읽는 독자에게 감동과 계시를 주고 있기 때문이다. 모든 성경말씀은 하나님께서 감동을 주셔서 기록되었기 때문에 진리를 가르쳐주며, 삶 가운데 무엇이 잘못되었는지 알게 해준다(딤후 3:16). 성령의 감동을 받아 쓰여진 책은 성령의 감동을 통하지 않으면 깨달을 수 없다. 그래서 성경을 읽을 때 성령의 감동을 따라 하늘의 계시를 깨닫게 되고 미래에 대한 하나님의 계획을 발견하게 된다.

§성경은 듣기 위해 쓰여진 책

헬렌 켈러는 일생의 경험을 통해 듣지 못하는 것이 보지 못하는 것보다 더 불행하다는 것을 뼈저리게 느끼게 되었다고 고백했다.

"나는 앞을 보지 못할뿐더러 듣지도 못합니다. … 듣지 못하는 것이야말로 훨씬 더 불행한 일입니다. 왜냐하면 듣지 못한다는 것은 절대적으로 필요한 자극의 상실을 의미하기 때문입니다. 소리는 말을 하도록 만들고, 사고 작용을 활발히 일어나게 하며, 또 지적인 교류를 가능하게 합니다. … 나는 듣지 못하는 것이 보지 못하는 것보다 훨씬 더 큰 장애가 된다는 사실을 깨달았습니다."

우리는 눈을 통해서보다는 귀를 통해서 세상을 더 많이 인식한다. 태어날 때의 크기에서 비교해보면 눈은 조금 커지지만 그렇게 커지지는 않는다. 하지만 코와 귀는 계속 커진다. 청각은 우리가 태어나기 전부터 생긴 최초의 감각이자, 세상을 떠날 때까지 남아있는 마지막 감각이기도 하다. 귀야말로 수적인 양과 수적인 가치, 이 둘 모두를 인지할 수 있는 유일한 감각기관이다. 눈이라는 문보다 훨씬 더 발달되어 있고, 예민한 '귀라는 문' 은 피조물과 피조세계 사이에서 자연스런 연결 도관의 역할을 하도록 만들어졌다.

하나님의 말씀을 읽으려는 사람과 들으려는 사람의 차이는 아주 크다. 읽으려는 사람은 성경을 통해 지식과 교훈을 얻는 것으로 만족한다. 그런데 들으려는 사람은 살아계시는 하나님이 자신의 인생을 향해 말씀하시는 계시의 음성과 인도하심을 받는다.

성경은 읽기 위해 쓰여진 책이 아니라 듣기 위해 쓰여진 책이다. 오늘날 성경이 책의 형태로 되어있기 때문에 읽기 위한 책이라고 생각한다. 처음부터 성경이 책의 형태를 띤 것은 아니다. 성경은 하나님의 영감을 받은 선지자들이 하나님께 들은 말씀을 두루마리에 기록한 것이다(눅 18:31, 롬 1:2, 히 1:1). 이는 성경이 기록될 처음부터 사람에게 읽혀지도록 쓰인 책이 아니라 사람의 귀에 들려지도록 기록되었다는 것을 의미한다.

성경이 기록될 당시, 하나님의 영감을 받아 쓰여진 두루마리는 많은 사람이 읽을 수 없었다. 그래서 사람들 앞에서 누군가가 소리 내어 하나님의 말씀을 읽어야 했다. 그 두루마리에 적힌 하나님의 말씀이 읽혀질 때 사람들은 그 소리를 듣는 것을 통해 하나님 음성을 들을 수 있었다.

우리가 조금만 관심을 갖고 성경을 살펴본다면 하나님의 말씀을 듣고 반응한 사람들의 이야기를 곳곳에서 만나게 된다. 성경은 여호와의 말씀을 읽을 때보다 읽혀지는 소리를 들을 때 일어난 놀라운 반응들에 더 관심이 많은 것 같다.

하나님은 모세를 통해 출애굽한 이스라엘 백성들이 앞으로 새로운 땅에서 어떻게 살아야 할지 가르치길 원하셨다. 하나님은 모세에게 "그들에게 내 말을 들려주어 그들이 세상에 사는 날 동안 나를 경외함을 배우게 하며, 그 자녀에게 가르치게 하라"고 명하셨다. 백성들은 모세를 통해 하나님의 말씀을 들어야 했다. 하나님의 말씀은 처음부터 백성들의 귀에 들려지는 말씀이었다(신 4:9~14).

　　요시야 왕은 남왕국 유다에서 종교개혁을 단행한 신실한 왕이었다. 그는 하나님의 성전을 수리하도록 지시를 내렸는데 백성들은 기꺼이 여호와의 전을 재건하기 위해 헌금을 모았다. 그렇게 모아진 돈을 꺼내는 과정에서 제사장 힐기야는 모세가 전한 여호와의 율법책을 발견하게 되었다. 어떤 이유로 두루마리가 헌금함에 있었는지는 알 수 없지만, 그들은 하나님의 특별한 계시라고 믿었다. 힐기야는 당시 서기관이었던 사반에게 전달하여 요시야 왕 앞에서 소리 내어 읽도록 요청했다. 왕은 율법의 말씀을 듣자 곧 자기 옷을 찢고 자신과 백성의 죄에 대해 회개하기 시작하였다.

　　요시야 왕은 두루마리의 말씀을 혼자 들은 것으로 만족하지 않고 백성들을 성전에 모이도록 하여 여호와의 전에서 발견된 언약책의 모든 말씀을 백성들의 귀에 들려주도록 했다. 하나님의 말씀이 선포되는 것을 듣고 있던 왕과 백성들은 모두 하나님의 말씀에 복종하기로 약속하는 회개의 역사가 일어났다(대하 34:30~31).

　　또 다른 사건은 바벨론 포로에서 돌아온 이스라엘 백성들에게 일어났다. 당시 이스라엘의 영적 지도자였던 학사 에스라의 지도를 따라 예루살렘 성의 물문 앞 광장에 모였다.

　　백성들은 학사 에스라에게 모세의 율법책을 읽어줄 것을 요청했다. 율법책을 가져와 백성들 앞에서 아침부터 한낮까지 모두 들을 수 있도록 읽었다. 백성들은 들려지는 하나님의 말씀 앞에서 자신의 삶을 돌이키며 며칠 동안 회개하는 일이 일어나게 되었다(느 8:1~3).

　　이처럼 하나님의 말씀을 사람의 귀에 들려지도록 기록한 책이 바로 성경이다. 그래서 예수님은 사람들에게 “들을 귀 있는 자는 들으라”고 말씀하셨다. 그러므로 하나님의 음성을 듣기 위해 성경을 소리 내어 읽어야 한다. 성경은 하나님에 대해 알아보기 위해 읽는 것이 아니라 하나님의 음성을 듣고 깨달아 하나님을 알기 위해 읽어야 한다.

성경을 왜 읽어야 하는지를 모른 채 읽기 때문에 잠이 오고 지루하다. 하나님의 음성을 듣고 싶어서 읽으면 그 안에서 무궁무진한 하나님의 말씀을 깨닫게 된다. 그리고 우리의 삶을 지도하며 인도하는 하나님을 경험하게 될 것이다.

§ 하나님의 사랑 듣기

"은진아, 이 아빠는 2003년 7월 초순 어느 날 갑자기 심각한 고민을 했단다. 아이가 하나뿐인 가정이 다 그렇듯이 너도 참으로 힘들게 아빠 엄마의 아이로 하나님께서 선물로 주셨지. 갖은 고난 끝에 얻은 아이였기에 하나님께 감사를 드리며 기뻐하였단다.

언젠가 나도 어느 시인의 노래처럼 즐거운 이 세상의 소풍을 끝내고 세상에서 가장 긴 여행을 떠나 하나님 나라로 돌아가야 한다. 그때 아빠는 나의 아이에게 무엇을 유산으로 남겨두고 갈 수 있을지 고민하게 되었단다.

평범한 것은 싫고 뭔가 특별한 것을 남기고 싶은 마음으로 고민했단다. 그러다 문득 성경이 생각났지. 시중에서 판매하는 성경이 아닌 세상에서 단 하나뿐인 성경을 은진이에게 주면 좋겠다는 생각 말이야. 물론 쉽지 않을 거라는 걸 잘 알고 있었단다.

그때부터 아빠의 생활 한 축에는 항상 성경이 자리하고 있었단다. 시간이 있을 때마다 성경을 썼단다. 어떤 날은 한 구절밖에 쓰지 못할 때도 있었지만 필사적으로 썼단다. 어떤 날은 포기하고 싶기도 하고 어떤 날은 글씨가 잘 써지지 않을 때도 있었지만 결코 멈출 수 없었단다.

이렇게 지속해서 성경을 쓸 수 있었던 것은 오직 한 가지 이유였다. 사랑하는 은진이가 내가 직접 쓴 성경말씀을 읽게 될 것이라는 기대 때문이었지. 정말 끝나지 않을 것 같았던 성경 쓰기가 이제 끝이 났다. "주님, 드디어 끝이 났어요. 저를 도우시고 항상 함께 하셔서 감사합니다."

은진아, 너는 이 세상에서 단 하나뿐인 성경을 항상 가까이 하고 묵상하므로 하나님의 뜻을 이 땅에서 행하는 믿음의 자녀가 되었으면 좋겠다. 너의 이름처럼 은혜와 진리가 풍부한 아이가 되고, 어렵고 힘든 일이 있을 때는 이 하나님의 말씀을 붙들고 기도할 수 있었으면 좋겠다. 아참, 찬찬히 성경을 읽어가다가 틀린 글자가 있으면 네가 수정해 주길 바란다."

딸을 위해 성경을 필사하는 아빠의 사랑이 가슴이 저미도록 느껴진다. 편지와 함께 아빠가 직접 필사한 성경을 읽고 있을 은진이를 상상해 본다. 성경을 읽을 때마다 아빠의 특별한 사랑에 대해 감격하게 될 것이다. 은진이에게 성경은 아빠의 특별한 사랑을 느끼게 만드는 감동 그 자체일 것이다. 은진이는 성경을 읽으면서 지루하고 재미없다는 생각은 결코 하지 못할 것이다.

오늘날 성경을 읽는 독자는 성경을 통해 하나님의 사랑을 읽는다. 성경의 저자들에게 영감을 불어넣어 변함없는 하나님의 사랑을 기록하게 하셨기 때문이다. 성경을 읽는다는 것은 하나님의 사랑을 읽는 것이다. 세상 누구도 사랑의 편지를 읽으면서 잠이 오고 지루하다 여기는 사람은 없다. 그가 그 사랑을 거부하지 않는 이상 말이다.

하나님이 창조하신 세상 속에서 모든 인생이 행복하게 살도록 쉬지 않고 돌보시는 사랑을 성경은 말하고 있다. 성경은 하나님의 특별한 사랑에 대해 기록한 책이다. 성경을 통해 하나님의 사랑에 대한 과거, 현재, 미래를 듣고 보게 된다. 성경을 읽을 때 가장 먼저 느껴야 할 것이 있다면 그것은 사랑이다.

연애편지에는 꼭 필요한 말이 있다. 그것은 '사랑한다'는 말이다. 그런데 편지지에 '사랑한다'는 말만 가득히 적혀 있다고 상상해 보라. 얼마나 밋밋할까? 물론 처음에는 "어쩜 이렇게 정성껏 365번 사랑한다고 썼을까" 하며 감탄하겠지만, 매번 365번의 사랑한다는 글자가 쓰여진 편지를 받는다면 생각이 달라질 것이다. 그 편지를 쓴 사람은 수많은 사랑의 고백에도 불구하고 제대로 자신의 마음을 전달하지 못한 것이다. 때론 은유적으로, 때론 시적으로 어떤 상황을 빗대어서 사랑을 고백할 필요가 있다. 직접적인 사랑의 표현은 없지만, 편지를 보낸 사람의 마음과 상황을 이미 알고 있기 때문에 편지를 읽고 있는 사람은 상대방이 지금 사랑을 고백하고 있는 것을 깨닫게 된다. 그저 '사랑한다'는 말만 적힌 편지보다는 직접적인 사랑의 표현은 없어도 음미하고 싶고, 깊은 사랑의 감정을 갖게 되는 것은 당연한 일이다.

성경은 하나님이 쓰신 사랑의 편지다. 당신의 백성과 자녀들을 향한 사랑이 표현된 책이다. 그렇기에 성경을 읽는 사람은 하나님의 사랑 고백이 담긴 연애편지를 읽고 있는 것이다. 연애편지를 읽을 때 건성으로 읽는 사람이 없듯이 성경도 하나님에 대해 상상하며, 하나님의 마음을 느끼며 읽어야 한다.

그러므로 성경을 통해 하나님의 사랑에 대해 듣기를 힘쓰는 사람에게 성경은 결코 지루하거나 잠들게 만드는 책이 될 수 없다. 성경은 오랜 세월동안 여러 저자들을 통해 하나님의 사랑에 대해 다양한 방법으로 기록되었다. 성경을 읽을 때 우리는 다양한 시대 속에서 다양한 방법으로 사랑을 표현하시는 하나님을 만나게 된다. 그리고 그 하나님이 오늘 우리의 삶에도 사랑의 언어로 말씀하고 계신다. 성경을 읽자. 그리고 성경을 통해 당신과 오늘을 향한 하나님의 사랑을 들어보자.

하나님의 음성을 들을 준비가 되었는가? 그렇다면 이제 구체적으로 성경 읽기를 통해 하나님의 음성을 듣는 법에 대해 살펴보자.

5. 읽기 : 듣기 위해 읽어라

§장동건 두뇌 나이

잘생기고 똑똑해 보이는 인기 배우 장동건의 두뇌 나이가 58세란다. 한 게임기 회사에서 발매한 두뇌 트레이닝 소프트웨어로 검사해본 결과다. 두뇌 나이 20세를 가장 젊고 활력있는 두뇌로 보았을 때 상당히 낮은 수치다. 광고문구가 재미있어 나도 두뇌 나이가 어떻게 나오나 검사해 봤다. 장동건보다는 젊은 두뇌 나이가 나오길 바랐지만 별반 차이가 없는 56세였다.

게임기를 개발한 회사에서는 사람들이 처음 검사하면 나오는 수치가 그 정도라고 한다. 그렇지만 매일 지속적으로 두뇌 트레이닝을 하면 두뇌가 활성화되어 더욱 젊고 활력있는 두뇌가 될 수 있다고 한다. 그 회사는 네 가지 상황을 두고 사람의 뇌가 어떻게 활동하는지를 관찰하여 최신 뇌과학으로 연구한 결과를 소개했다.

첫 번째는 멍하니 생각 중일 때의 뇌이다. 이때 좌뇌는 아주 약간 활동하지만 우뇌는 거의 활동하지 않는 것으로 나타났다. 두 번째는 복잡한 계산 문제를 풀 때의 뇌이다. 흔히 열심히 머리를 써야 복잡한 계산 문제를 풀 수 있기에 머리를 많이 쓰는 것 같지만 뇌는 일정한 부분만 활동하기 때문에 전체적으로는 별로 활동하지 않는 것으로 나타났다. 세 번째는 간단한 계산을 빠르게 풀 때의 뇌이다. 이 경우 단순한 문제를 푸는 것이기에 머리 쓸 일이 없을 것 같았는데, 좌뇌와 우뇌의 대부분이 활발하게 활동하고 있는 것으로 나타났다. 네 번째의 경우가 아주 인상적이었다. 책을 소리 내어 읽을 때의 뇌이다. 검사 결과는 네 가지 경우 중에 가장 다양한 곳에서 많은 양의 뇌 활동이 포착되었다. 더군다나 소리 내어 읽는 속도가 빠르면 빠를수록 활발하게 활동하는 것으로 나타났다.

이 검사 결과를 보면서 왜 성경을 읽으면 잠이 왔는지를 새삼 깨닫게 되었다. 성경을 눈으로 읽다 보면 다른 생각에 잠겨 정신이 멍한 상태가 된다. 그러면 뇌는 거의 움직이지 않는 상태가 되어 자신도 모르게 잠들어 버리는 것이다. 그런데 성경을 소리 내어 읽으면 뇌는 활발하게 움직이게 된다. 그리고 여러 가지 사고 작용을 일으켜 말씀이 깨달아지고 느껴지게 되어 결국 성령님이 독자의 마음과 생각을 감찰하여 깨닫게 하는 데까지 이르는 것이다.

그러므로 성경을 소리 내어 읽으면 성령의 음성을 깨달아 알 수 있고, 덤으로 뇌가 젊어져서 치매 예방(?)에도 효과만점이다. 이 놀라운 사실을 연구해서 밝혀준 게임기 회사에게 감사를 보내고 싶다. 덕분에 많은 그리스도인들이 성경을 소리 내어 읽어야 할 이유를 깨닫게 해주었기 때문이다.

§ 소리 내어 읽기

　QT학교에서 첫 시간에 진행하는 실습이 있다. 얼마 전 TV 오락프로에 나왔던 '절대 음감'이라는 게임이다. 참가자들을 대상으로 '성경묵상'이라는 네 글자의 강조점을 달리해서 읽도록 시킨다. 처음에는 '성'을 강조해서 읽고, 다음에는 '경', '묵', '상'을 차례로 강조해서 읽도록 하는 것이다. 강조점을 달리해서 읽게 한 뒤 느낀점을 서로 나누게 하면 다양한 반응들이 나오는 것을 보게 된다.

　어떤 분은 '성'을 강조할 때 하나님의 책인 성경이 거룩한 책이라는 사실이 느껴졌다고 한다. 어떤 분은 '상'을 강조할 때 성경을 생각 없이 읽었다는 것을 알게 되었다고 한다. 이렇게 강조하며 읽기를 배운 뒤 성경 읽기 실습을 한다.

　"이 율법책을 네 입에서 떠나지 말게 하며 주야로 그것을 **묵상**하여 그 안에 기록된 대로 다 지켜 **행하라** 그리하면 네 길이 **평탄**하게 될 것이며 네가 **형통**하리라"
(수 1:8)

　처음에 그냥 읽어보라고 하면 참가자 대부분은 마음속으로 읽는다. 다시 소리 내어 읽어 보라고 한 후, 마음속으로 읽을 때와 소리 내어 읽을 때에 어떤 차이가 있었는지 생각해 보라고 한다. 그러면 참가자들은 대체로 이전보다 성경말씀이 더 눈에 잘 들어온다고 대답한다. 이제 강조된 단어들을 강조해서 큰 소리로 읽어 보라고 한다. 자신이 강조해서 읽은 단어가 마음에 새겨지고 있음을 느끼게 된다.

우리가 성경을 읽을 때 우리 자신도 모르게 어떤 단어나 구절이 강조되어 눈에 들어오는 것을 경험한다. 이렇게 강조되어 보이는 단어나 구절을 더 강하게 소리 내어 읽는 훈련을 통해 말씀에 집중하는 법을 배우게 된다.

단순해 보이는 게임을 통해 참가자들은 성경 읽기의 중요성에 대해 새삼 깨닫게 된다. 바른 성경 읽기는 성경책에 기록된 문자를 확인하는 죽은 독서에서 살아있는 하나님의 말씀을 읽는 독서로 바뀌게 만든다. 이 독서법을 배운 참가자들은 집으로 돌아가 매일 소리 내어 성경 읽는 법을 복습하게 된다. 그들은 일정한 본문을 한 주간 동안 소리 내어 반복해서 읽는 훈련을 하면서 읽을 때마다 강조되는 단어나 구절을 강하게 소리 내어 읽는다. 하루에 네 번씩 소리 내어 한 본문을 일주일간 읽기만 했는데도 상당한 변화가 일어났다고 참가자들은 말한다.

한 참가자는 한주간 동안 시편 1편 말씀을 반복해서 소리 내어 읽는 가운데 하나님의 음성을 깨닫게 되었다고 했다. 강조점을 달리하며 성경을 소리 내어 읽는데, 이틀이 지난 뒤부터 같은 구절이 반복해서 강조되는 것을 느꼈단다. '악인의 꾀' 라는 구절이었다. 그래서 그 구절이 강조되는 이유를 가만히 생각해 보았더니, 지금 다니고 있는 직장에서 편법을 사용하여 승진의 기회를 얻으려는 자신의 모습이 보이더라고 했다. 그는 "악인의 꾀를 좇지 말라"는 것이 하나님의 뜻인 줄 믿고 그 자리에서 회개했다는 것이다.

성경은 원래 소리 내어 낭독하도록 쓰여진 책이다. 예수님은 공생애

사역을 시작하면서 회당에서 이사야서의 말씀을 낭독하셨다. 구약성경만이 아니라 신약성경의 시초가 되는 각종 서신들의 경우도 성도들이 모인 곳에서 회람되었는데, 한 사람이 낭독하면 모인 성도들이 듣는 형식이었다.

성경을 소리 내어 읽는 것은 오랜 기독교의 전통이다. 어원적으로 "묵상하다(meditari)"는 하나님의 말씀을 내면으로 "받아들인다(meletan)"에서 왔다. 이것은 다시 "어떤 것을 반쯤 소리 내어 중얼거린다"는 뜻의 히브리어 "하가(haga)"에서 왔다. 여기에 대해 개역성경에서는 묵상이라는 단어로 번역했던 것을 개역개정 성경에서는 "작은 소리로 읊조리다"라는 표현으로 번역하고 있다. 이는 성경을 어떻게 읽고 묵상해야 하는지에 대해 구체적으로 보여주는 잘된 번역이라고 생각된다.

"내가 나의 침상에서 주를 기억하며 새벽에 주의 말씀을 작은 소리로 읊조릴 때에 하오리니"(시 63:6)

"내가 주의 법도들을 작은 소리로 읊조리며 주의 길들에 주의하며"(시 119:15)

"나에게 주의 법도들의 길을 깨닫게 하여 주소서 그리하시면 내가 주의 기이한 일들을 작은 소리로 읊조리리이다"(시 119:27)

"또 내가 사랑하는 주의 계명들을 향하여 내 손을 들고 주의 율례들을 작은 소리로 읊조리리이다"(시 119:48)

"내가 주의 법을 어찌 그리 사랑하는지요 내가 그것을 종일 작은 소리로 읊조리나이다"(시 119:97)

"내가 주의 증거들을 늘 읊조리므로 나의 명철함이 나의 모든 스승보다 나으며"(시 119:99)

고대나 중세시대의 수도자들의 묵상은 성경 본문을 작은 소리로 읽고 마음으로 그 구절의 충만한 의미를 배우는 것을 의미했다. 성경은 읽는 책이 아니라 듣는 책이기 때문이다. 성경을 소리 내어 읽어야 하는 이유는 성경을 통해 하나님의 말씀을 듣기 위해서이다.

성경의 대부분의 말씀은 먼저 글로 형성된 것이 아니라 말하고 들었던 것이었다. 그러므로 읽는 것보다 듣는 것이 더 중요하다. 선교사들을 통해 지금도 문자 없이도 만족스럽게 지내는 부족이나 사회들에 대해 듣곤 한다. 그들에게 가장 먼저 필요한 것은 문자로 된 성경이 아니라 살아 있는 하나님의 말씀을 그들의 언어로 전달하는 선교사의 말이다.

하나님의 말씀이 처음 전달되기 시작했던 때도 문자보다 언어가 먼저였다. 성경에 나오는 수많은 믿음의 선조들은 기록된 성경이 없었어도 말씀을 듣고 하나님을 믿고 순종하고 예배했다. 이처럼 하나님의 말씀은 문자가 아니라 음성이라는 수단을 통해 주어진다. 그래서 하나님 말씀과의 접촉을 잃어버리지 않도록 힘써야 한다.

예수님의 삶과 그분의 말씀을 기록한 복음서들을 읽어보면, 예수님의 반복적인 명령을 듣게 된다.

"귀 있는 자는 들으라."

예수님은 우리 삶에서 하나님 말씀은 읽는 것이 아니라 듣는 것임을 분명하게 선언하셨다. 하나님은 이스라엘 백성들에게 광야에서 하나님의 백성의 규례와 삶의 원리를 모세를 통해 말씀해 주실 때 "이스라엘아 들으라"(신 6:4, 9:1)고 말씀하셨다. 처음부터 하나님과 예수님의 말씀은 들어야 할 말씀이었다. 그런데 이제는 읽어야 할 말씀이 되어버렸다.

　　말이 글로 바뀐다는 것은 칼라TV를 보다가 흑백TV를 보는 것과 같다. 칼라TV에 익숙해진 사람들은 흑백TV를 볼 때 답답함을 느낀다. 왜냐하면 자연의 색을 상상하는 것으로 만족해야 하기 때문이다. 이처럼 글을 읽는다는 것은 하나님께서 말씀하실 때의 어조와 어감, 주변 분위기와 사람들의 반응은 사라지고 적혀진 글의 내용만 남아 있게 된다. 아무리 당시의 상황을 잘 설명한다고 할지라도 제대로 느낄 수는 없다. 마치 TV 요리 프로에서 음식의 맛과 향에 대해 아무리 설명하고 느낌을 보여줘도 시청자는 전혀 그 맛과 향에 대해 정확하게 느낄 수 없는 것과 같다.

　　한국인의 성경묵상은 그래서 서구적인 연구중심의 QT와 차별된다. 출발점은 문법과 사전이 아니다. 복잡한 방식을 따라 성경을 이리저리 자르고 분석하여 살피는 것은 성경을 문자의 기록으로 생각할 때 가능한 일이다. 그러므로 성경을 문자의 기록 너머에 있는 하나님의 살아있는 말씀을 듣는 일에 집중해야 하고, 하나님의 말씀을 듣기 위해서는 성경을 소리 내어 읽어야 한다. 성경을 소리 내어 읽지 않고 우리의 귀로 하나님의 말씀을 들을 수 있는 방법은 없다.

　　성경을 소리 내어 읽을 때 독자는 말씀이 처음 들려지던 그때로 돌아가게 된다. "들으라!"고 선언하시던 하나님과 예수님의 음성 앞에 반응하던 이스라엘 백성과 예수님을 따르는 제자들 중 하나가 된다. 성경을 소리 내어 읽을 때 사람의 마음을 뜨겁게 만들던 그 하나님의 음성이 들리게 된다. 귓속을 파고들어 차갑게 식어버려 딱딱해진 영혼의 고막을 울리는 말씀이 된다. 그리고 심령 골수를 찔러 쪼개는 역사가 일어나게 된다.

§ 일석사조 독서법

공부에는 정도가 없다고 한다. 부지런히 열심히 공부하는 방법 외에
는 없다는 말이다. 나는 학창시절에 이런저런 잔꾀를 부리길 좋아했다.
중학교 시절 영어 단어 암기를 위해 매일 한 단어를 스무 번씩 써오는 숙
제가 있었다. 어떻게 하면 최소한의 노력으로 최대한의 효과를 낼 수 있
을지 생각하다, 볼펜 네 자루를 일렬로 테이프로 붙여 한 번에 네 번 적는
일명 일석사조(一石四鳥) 볼펜을 만들었다. 그래서 스무 번 써야 할 단어
를 다섯 번만 쓰면 목표량을 채울 수 있었다.

사실 스무 번을 기계적으로 쓴다고 해서 그 단어가 기억되는 것은 아
니다. 집중해서 단어를 외우는데 좋은 방법은 그 단어를 소리 내어 읽으
면서 적는 것이다. 단어를 소리 내어 읽으면서 적으면 몇 번 적지 않아도
잘 외워진다.

그 이유는 일석사조의 효과가 있기 때문이다. 소리 내어 단어나 문장
을 읽게 되면, 먼저 눈이 읽고, 입이 읽고, 귀가 듣고, 마음과 생각이 듣게
된다. 그래서 소리 내어 성경을 읽으면 한 번을 읽어도 네 번 읽는 효과를
경험하게 된다.

이렇게 정해진 본문을 소리 내어 세 번 정도 읽으면 본문의 내용이
전체적으로 머릿속에 들어와 있는 것을 경험하게 된다. 이때 절대 놓쳐서
는 안 되는 것은 마음과 정신으로 읽고 경청하는 자세다. 그 자세로 본문
을 조용히 묵상하며 천천히 읽어나가면 성령께서 비춰주시는 말씀을 듣
게 된다.

§ 읽고 읽고 또 읽자

한동안 밀양이 세간의 화제였다. 영남의 알프스라고 하는 높은 산들에 가려져 있던 도시가 고속열차가 정차하고, 고속도로가 뚫리고, 밀양을 소재로 한 영화가 칸 영화제에서 여우주연상을 타고… 이래저래 밀양이라는 이름이 사람들의 입에 자주 오르내렸다. 그렇게 회자되면서 밀양(密陽)의 뜻이 비밀한 곳에 감춰진 신의 은총의 햇살(Secret Sunshine)이라는 것도 알게 되었다.

밀양, 그 뜻풀이처럼 한때 도자기로 유명했던 한 은둔의 도시가 이제 신의 은총의 햇살을 받아 세상에 밝히 드러나고 있다는 생각이 든다.

그런데 성경에도 밀양(Secret Sunshine)이 있다. 예수님은 세상에 빛으로 오셨지만, 사람들은 그 빛을 깨닫지 못했다. 그래서 어두운데서 빛이 비취리라 하시던 하나님께서 예수 그리스도의 얼굴에 있는 하나님의 빛을 사람들의 마음에 비취게 하셨다(고후 4:6). 그리하여 이 계시의 빛, 즉 밀양을 받은 사람은 어그러지고 거스리는 세대 가운데 하나님의 흠 없는 자녀로 세상 가운데 빛들로 나타나는 것이다(빌 2:15).

그리스도인은 하나님의 밀양을 받아 세상의 밀양이 되는 삶을 살아간다고 할 수 있다. 그런데 그리스도인이 그 삶을 살아가기 위해서는 성령님의 밀양, 즉 진리의 말씀을 밝혀주는 성령의 조명하심과 깨달음이 필요하다(빌 2:16).

이것이 우리가 성경을 읽고 또 읽어야 하는 이유이다. C. S. 루이스는 두 가지 독서법에 대해 소개한 적이 있다. "하나는 우리 자신의 목적을 위해서 책을 이용하는 독서이고, 또 하나는 저자의 목적을 받아들이는 독서이다." 첫 번째 독서는 나쁜 독서로 이끌 뿐이고, 두 번째 독서는 좋은 독서의 가능성을 열어준다고 한다.

그의 말은 매일 성경을 읽고 묵상하는 그리스도인들에게 새로운 생각을 갖도록 만든다. 흔히 실수하는 것 중 하나는 말씀이 자신에게 다가오는 방식대로 성경을 읽으려고 하는 것이다. 그래서 느낌과 감동이 오면 계속해서 성경을 읽고 묵상하지만, 반응이 오지 않을 때는 쉽게 성경 읽기를 멈추곤 한다. 그러나 성경을 읽는 바른 방법은 말씀을 읽는 독자가 성경에 다가가려는 태도로 읽는 것이다.

> "어두운 내 눈 밝히사 진리를 보게 하소서
> 진리의 열쇠 내게 주사 참 빛을 찾게 하소서
> 깊으신 뜻을 알고자 엎드려 기다리오니
> 내 눈을 뜨게 하소서 성령이여
>
> 막혀진 내 귀 여시사 주님의 귀한 음성을
> 이 귀로 밝히 들을 때에 내 기쁨 한량 없겠네
> 깊으신 뜻을 알고자 엎드려 기다리오니
> 내 귀를 열어 주소서 성령이여"

헨리 나우웬은 말씀을 정복하기 위해 읽지 말고 말씀에 정복당하려고 읽어야 함을 강조한다. 말씀을 비판하기 위해서가 아니라 말씀에 도전을 받으려고 읽어야 한다는 것이다. 영적인 독서란 말씀이 나를 읽고 해석하도록 하는 독서를 말한다. 단순히 영적인 것들을 읽는 것이 아니라 영적인 것들을 영적인 방식으로 읽는다는 뜻이다. 그러려면 읽기만 하는 것이 아니라 자신이 읽혀지려는, 말씀에 정복당하려는 의지가 필요하다.

그러므로 독자는 성경을 읽는 과정을 통해 이미 순종의 훈련을 하고 있는 셈이다. 하나님의 거룩하신 말씀 앞에서 자신의 생각과 주장을 내려 놓고, 그분의 음성이 들릴 때까지 읽고, 또 읽은 다음 가만히 그분의 음성에 귀 기울여야 한다. 순종은 듣는데서부터 시작한다.

"너희가 오늘 그의 음성을 듣거든 너희는 므리바에서와 같이 또 광야의 맛사에서 지냈던 날과 같이 너희 마음을 완악하게 하지 말지어다 그 때에 너희 조상들이 내가 행한 일을 보고서도 나를 시험하고 조사하였도다"(시 95:7~9)

가만히 귀를 기울이며 소리 내어 성경을 반복해서 읽을 때 성경을 통해 주시는 성령의 세미한 음성을 듣게 된다. 그 세미한 음성이 곧 영혼을 향해 비취는 밀양이며, 성령님의 조명이다.

성령님의 조명하심을 경험하는 독서는 일정한 문장 혹은 단락을 반복해서 읽게 될 때 그 쓰여진 문자의 배후에서 발견되는 현실, 즉 3차원을 넘어 파악되는 도와 법의 현실을 들여다보게 된다. 이 눈이 열리는 것을 대오각성이라고 한다. 성경을 읽는 사람이라면 누구나 '아하' 하는 소리와 함께 깨달아졌던 경험이 있을 것이다. 그 깨달음이 바로 성령께서 주시는 음성이다.

"나의 하나님이 그리스도 예수 안에서 영광 가운데 그 풍성한 대로 너희 모든 쓸 것을 채우시리라"(빌 4:19)

우리는 성경을 읽을 때 하나님께서 필요한 모든 것을 말씀을 통해 반드시 채워주실 것을 믿는다. 이 믿음이 없다면 우리는 성경을 읽지 않아도 된다. 오직 하나님만이 그분의 무한한 능력과 사랑과 지혜로 우리의 모든 필요를 채워주실 수 있는 분이다. 만약 우리가 성경말씀을 통해 하나님 음성 듣기를 거부한 채 우리의 모든 필요를 다른 곳에서 해결 받으려고 한다면 결국 낙담할 수밖에 없을 것이다.

QT학교를 진행하다 보면 성경이 어려워서 신앙서적을 읽고 있다고 겸연쩍게 말하는 사람들을 간혹 만나게 된다. 그럴 때마다 성경이 어렵다는 말에 공감하지만, 그래도 성경을 읽어야 한다고 권면한다.

어느 날 QT학교에서 성경 읽기 실습을 하고 있을 때였다. 성경을 소리 내어 반복해서 읽는 것의 중요성을 설명하고 있었다. 그때 한 참가자가 손을 번쩍 들고 질문했다.

"그런데 성경을 왜 반복해서 읽는 겁니까? 그날 본문을 한 번 읽고 옆에 있는 예화나 묵상글을 통해 도움 받으면 안 됩니까?"

한 번만 읽는다는 말에 조금은 어안이 벙벙했다. 그래서 참가자들에게 물었다.

"여러분은 성경묵상을 할 때 본문을 몇 번 읽습니까?"

참가자들 중 상당한 수가 왜 그런 질문을 하는지 의아해 하는 표정이었다. 참가자 대부분은 성경을 반복해서 읽어야 하는 이유를 알지 못했고, 성경을 반복해서 읽어본 적도 없었다.

"여러분은 정말 묵상 본문을 한 번 읽어 이해할 수 있다고 생각합니까?"

성경이 어려운 것은 아니다. 성경에 나오는 각종 명칭과 이름과 지명이 익숙하지 않아서 어렵게 느껴지는 것이다. 세상에 어떠한 책도 한 번 읽어 이해하고 깨달음을 붙잡을 수는 없다. 깨달음은 반복해서 읽을 때 생긴다. 성경을 읽으면서 하나님의 말씀이 귀에 들려지도록 마음과 생각을 여는 것이 어려운 것이다. 더 구체적으로 말한다면, 마음과 생각을 여는 방법을 모른 채 성경을 읽기 때문에 어려운 것이다.

아무리 히브리어와 헬라어를 배워 원어성경을 읽고, 영어성경을 읽어도, 심지어는 각종 참고서와 주석을 참조해도 좀처럼 마음과 생각은 열리지 않는다. 마음과 생각을 여는 것은 지식이 아니라 살아계신 하나님의 말씀이다. 말씀이 살아서 독자의 마음과 생각을 열게 해야 한다.

우리나라에 의료 선교사로 와서 사역했던 레나 벨의 이야기를 통해 나는 성경 읽기와 묵상에 대해 도전 받았다. 그녀는 매일 아침 4시에 일어나 성경을 읽고 묵상하는 삶을 살아왔다고 한다. 지금까지 그렇게 살고 있는데 나이가 들어서 잠이 없는 것이 아니라, 하나님이 자기를 일찍 깨우셔서 제자로서 듣도록 자기 귀를 깨우치신다고 고백한다.

그녀는 자신의 성경 읽기를 통한 묵상에 대해 이렇게 말한다.

"난, 이렇게 묵상해요. 먼저 성경본문을 읽지요. 물론 말씀은 항상 읽어요. 하나님 말씀은 아무리 읽어도 충분치가 않아 그저 읽고 또 읽고 싶어요. 하지만 묵상할 때는 한 구절만 묵상하며 반복해서 읽습니다. 연결되어 있다면 두 구절도 가능하고요. 본문이 길면 생각을 하게 되니, 한 구절만 놓고 앉았을 때 가장 잘할 수 있어요. 나는 주님께 이 성경구절을 통해 내게 개인적으로 하시고 싶은 말씀이 있는지만 묻습니다. 듣고, 그 다음에는 순종하지요."

그녀의 묵상하는 방법은 정말 간단하지만 삶을 변화시킨다. 예수님

은 주님의 음성을 듣기 원하는 그리스도인을 향해 다음과 같이 말씀하셨
다.

"문지기는 그를 위하여 문을 열고 양은 그의 음성을 듣나니 그가 자
기 양의 이름을 각각 불러 인도하여 내느니라 자기 양을 다 내놓은 후에
앞서 가면 양들이 그의 음성을 아는 고로 따라오되"(요 10:3~4)

"내 양은 내 음성을 들으며 나는 그들을 알며 그들은 나를 따르느니
라"(요 10:27)

성경을 소리 내어 반복해서 읽어야 한다. 성경을 읽지 않고 다른 책
을 보는 것은 성경이 말씀하신다는 사실을 신뢰하지 못하는 행동이다. 언
제나 하나님의 음성은 순종하는 사람에게 들린다.

언젠가 우리 아이가 보는 동화책에서 성실에 대한 설명을 읽은 적이
있다.

성실하다는 것은,

공책을 쓸 때 첫 페이지부터 한 장 한 장 잘 쓰는 것.

연필을 깎아 필통에 가지런히 넣어 두는 것.

성실하다는 것은,

우유 배달부가 비가 오나 눈이 오나

늘 같은 시간에 우유를 갖다 놓는 것.

성실하다는 것은,

우리 집에 도배를 하러 온 아저씨가

꼼꼼하고 부지런하게 일하는 것.

성실하다는 것은,

청소 시간에 선생님이 계시든 안 계시든 자기가

맡은 일을 게으름 부리지 않고 열심히 하는 것.

성실은 주님의 것이다. 주님의 성품 중에 하나가 바로 성실이기 때문이다.

"여호와여 주는 나의 하나님이시라 내가 주를 높이고 주의 이름을 찬송하오리니 주는 기사를 옛적의 정하신 뜻대로 성실함과 진실함으로 행하셨음이라"(사 25:1)

주님은 성실과 공의로 세상을 다스리신다. 아침마다 새롭고 늘 새로운 주님의 성실하심은 모든 그리스도인의 삶에 크고 놀라운 찬양이 된다. 그리고 주님은 인자와 성실을 그의 사랑하는 자녀들에게 끊은 적이 한 번도 없으시다. 성실하신 주님은 오늘도 그의 자녀들을 향해 성실하게 말씀하고 계신다. 문제는 그 말씀을 듣기 위해 성실히 나아오지 않는 우리에게 있다.

주님이 성실하신 분이셨다면 우리도 성실해야 한다. 주님의 모습을 본받기 원하는 그리스도인이라면 당연히 그의 삶에 주님의 성품인 성실이 밝히 드러나야 한다.

성실하다는 것은,

아침에 잊지 않고 성경말씀을 펼치는 것.

성경을 소리 내어 반복해서 읽으며 날마다 새 힘을 얻는 것.

1. 본문을 소리 내어 읽기
2. 강조되는 구절과 단어를 표시하며 다시 읽기
3. 표시한 부분을 강조하여 다시 읽기
4. 작은 소리로 묵상하며 읽기

* * *

"복 있는 사람은 악인들의 꾀를 따르지 아니하며 죄인들의 길에 서지 아니하며 오만한 자들의 자리에 앉지 아니하고 오직 여호와의 율법을 즐거워하여 그의 율법을 주야로 묵상하는도다 그는 시냇가에 심은 나무가 철을 따라 열매를 맺으며 그 잎사귀가 마르지 아니함 같으니 그가 하는 모든 일이 다 형통하리로다 악인들은 그렇지 아니함이여 오직 바람에 나는 겨와 같도다 그러므로 악인들은 심판을 견디지 못하며 죄인들이 의인들의 모임에 들지 못하리로다 무릇 의인들의 길은 여호와께서 인정하시나 악인들의 길은 망하리로다"(시 1:1~6)

* * *

강조하며 읽은 단어나 구절은 무엇인가?

그 말씀을 가지고 하나님께 말씀의 뜻을 깨달을 수 있도록
마음과 생각을 열어주실 것을 기도하는 시간을 가져보라.

6. 묵상 : 생각 속에 말씀 담기

§ 이치를 따지며 읽으라

조선시대 효종 때 아주 이상한 사건이 일어났다. 어느 산중에서 네 사람이 죽어 있는 것을 관가에서 발견한 것이다. 그들 중 세 사람은 백 척이 넘는 절벽 위에 죽어 있었고, 나머지 한 사람은 절벽 위에 있는 나무에 목이 매달린 채 죽어 있었다.

그렇다면 세 사람과 한 사람은 패가 다르다는 이야기가 된다. 그리고 그 경우 세 사람이나 한 사람 중 어느 편인가는 살아있어야 마땅한데 양편 모두 죽어 있는 것이 설명되지 않았다.

그렇다면 세 패가 있었다고 생각할 수밖에 없는 일이었다. 세 번째 패가 두 패를 모두 죽였다면 이런 일이 있을 수 있다는 이야기인데, 그렇게 볼 수도 없었던 것은 그들 곁에 돈 보따리와 빈 병이 놓여 있었기 때문이었다. 만일 세 패가 있었다면 살아 도망친 패거리가 돈 보따리를 가져 갔을 것은 자명한 이치이기 때문에 이 가설도 인정되지 못하는 상황이었 다.

이 일은 효종 임금에게까지 보고되었다. 효종은 곰곰이 생각하더니 이렇게 판결을 내렸다고 한다.

"일은 이렇게 된 것이다. 그들은 모두 도둑들이다. 처음 세 사람이 패 를 지었는데 한 사람이 그 패에 가담하였다. 세 사람은 도둑질을 하고 한 사람은 망을 보았고, 돈을 훔친 뒤 한 사람은 기회를 보아 세 사람을 죽이 고 돈을 모두 차지하려고 하였다. 그러나 세 사람도 같은 생각을 하고 있 었다. 그들이 그 절벽에 이르렀을 때 세 사람은 일을 의논하기 위해 한 사 람에게 주막에 가서 술을 사오라고 시켰다. 그리고 한 사람이 주막으로 간 사이에 사람이 돌아오면 죽이기로 계책을 정하였다. 시간이 지나 주막 에 간 사람이 돌아왔다. 그런데 그 사람은 오는 동안에 술에다 극약을 타 두었다. 그러나 그 사람이 도착하자마자 세 사람이 그를 나무에 매달아 죽여 버렸다. 그를 죽인 다음 세 사람은 주막에서 가져온 술을 마셨고, 결 국 그 사람들도 죽고 말았다."

성경을 읽는다는 것은 마치 효종 임금이 받은 상소문을 읽는 것과 같 다. 임금은 보내온 글을 읽고 마치 그 자리에 있었던 사람처럼 생각하며 이치를 따져보았을 것이다. 그리고 임금은 상소문 너머에 있는 숨겨진 사 실을 발견했다.

이처럼 성경을 읽을 때도 생각하며 이치를 따져 보는 이해력이 필요 하다. 생각은 성경의 세계로 인도하는 타임머신과도 같다. 생각을 통해 성경의 인물들이 되어보기도 하고, 성경시대를 취재하는 기자가 되기도

한다. 생각하며 이치를 따져볼 때 엉킨 실타래를 풀어내는 실마리를 찾게 만들고, 인물들의 숨은 감정을 느끼게 만들고, 등장인물들 사이에 숨겨진 긴장관계를 보게 하고, 저자가 말하고자 했던 바를 깨닫게 만든다.

생각하며 성경을 읽을 때 묵상이 시작된다. 묵상은 비빔밥을 만들어 먹기 위해 오른쪽으로 비비고, 왼쪽으로 비비는 것과 같다. 숟가락으로 뭉쳐진 밥을 으깨고, 얽힌 나물들이 밥에 잘 뒤섞이도록, 양념장이 골고루 밥과 나물에 베도록 누르고 뒤집는다. 그렇게 비벼대는 것이 곧 묵상이다.

이렇듯 나는 말씀을 생각하며 비벼먹기를 좋아한다. 솔로몬 행각에서 병자를 고쳐주신 이야기를 묵상하는 것을 통해 나는 "경쟁"에 대한 생각의 변화를 받을 수 있었다(요 5:1~13). 당시 선교단체들 사이에 보이지 않는 경쟁으로 인해 지쳐있을 때 위로해 주셨던 말씀이다.

"병자가 대답하되 주여 물이 움직일 때에 나를 못에 넣어 주는 사람이 없어 내가 가는 동안에 다른 사람이 먼저 내려가나이다"(요 5:7)

당시 예수님은 각종 병자들이 모여 있는 솔로몬 행각을 방문하셨다. 행각에 가장 오래되어 보이는 한 병자에게 다가가 물으셨다. "네가 낫고자 하느냐?" 나는 병자에게 낫고자 하느냐고 물으시는 예수님을 보면서 너무 당연한 이야기를 묻고 계신다는 생각이 들었다. 그런데 병자의 대답은 뜻밖이었다.

"저기서 용천수가 올라올 때 저를 못에 넣어줄 사람이 없습니다. 그래서 가장 먼저 들어가지 못합니다."

당시 솔로몬 행각에는 용천수가 터져 나올 때 가장 먼저 들어가는 사람은 무슨 병이든 낫는다는 속설이 있었다. 병자는 자신의 상황이 항상 경쟁에서 뒤쳐질 수밖에 없기 때문에 병이 낫지 못하고 있다고 말한 것이다.

과연 솔로몬 행각에 있는 그 물이 어떤 물이기에 어떤 병이든 다 낫게 될지 생각해 보았다. 그리고 가장 먼저 달려가는 사람은 어떤 사람일까 상상해 보았다. 온천물에 가장 효험이 있는 사람은 피부병과 각종 관절질환이 있는 사람이다. 그렇다면 용천수가 나올 때 그 물에 가장 먼저 달려가서 효과를 볼 수 있는 사람은 피부병 환자일 가능성이 많다.

그러니 오래도록 누워있고, 누군가의 도움이 필요한 병자가 용천수가 터져 나올 때 가장 먼저 달려간다는 것은 불가능한 일이다. 그는 계속해서 경쟁에서 뒤쳐진 것으로 인한 실망 가운데 살아가야만 했다. "나를 못에 넣어 줄 사람이 없어"라는 말은 병자의 신세를 한탄하는 말이었다.

예수님은 그 병자를 향해 자리를 들고 일어나 가라고 말씀하셨다. 병자는 더 이상 물이 동할 때를 기다리며 긴장하고 초조해하지 않아도 된다. 경쟁에서 뒤쳐진다고 힘들어 할 필요도 없게 되었다.

그렇게 말씀을 이치를 따지며 묵상하다가 문득, 병자의 모습이 나의 모습처럼 여겨졌다. "네가 섬기고자 하느냐?"라고 주님은 묻고 계셨는데, 정작 주님께 드린 나의 대답은 이런 저런 이유로 학생들이 오지 않아 제대로 섬기지 못하고 있다고 대답하고 있었다. 주님은 경쟁을 원하셨던 것이 아니라 캠퍼스 선교를 위한 마음을 확인하고 계셨던 것이다. 주님은 얼마나 잘 섬기느냐가 아니라 얼마나 진실한 마음으로 섬기길 원하느냐에 관심이 있음을 알게 되었다. 더 이상 숫자 때문에 스스로 실망하고 의기소침할 필요가 없어졌다. 경쟁에서 자유할 수 있게 된 것이다.

성경을 읽다 보면 시대와 인물은 다르지만 비슷한 상황을 만나게 된다. 그러한 상황 속에서 주님은 어떻게 말씀하고, 인물들은 어떻게 행동하는지 상상해보는 것은 즐거운 일이다. 성경을 읽으면서 그 상황을 생각하며 이치를 따질 때 성경이 비벼지는 것을 느낀다. 등장인물의 말 속에서, 그의 감정에서, 주변 인물들의 반응에서, 주님의 감정과 말씀에서, 심지어는 그날의 날씨 가운데서 말이다. 그렇게 생각하며 이리저리 비비다 보면 비벼진 말씀 속에서 오늘 내가 먹어야 할 말씀이 무엇인지 깨닫게 된다.

§푹 익는데서 나온다

무엇이든지 익어야 맛이 난다. 우리의 먹을거리를 가만히 살펴보면 어느 것 하나 저절로 만들어진 것이 없다. 밥도 뜸을 들여야 하고, 김치도 익어야 한다. 각종 나물들도 다듬고 데쳐야 한다. 심지어는 간을 맞추기 위해 쓰는 간장, 고추장, 된장도 익어야 맛이 난다.

묵상이란 김치를 속살이 아삭하게 숙성시켜 익히는 과정과 때로는 간장을 오랜 시간 묵혀 짠맛은 줄어들게 하고 담백함이 살아나게 하는 과정과 같다. 익는다는 것은 시간이 필요한 일이다. 배추의 거칠고 뻣뻣한 잎사귀의 숨이 죽고, 버무려진 양념이 자신의 몸속으로 스며들게 하는 시간이 필요하다. 묵상이란 때로 생의 질긴 숨을 죽이기 위해 데쳐지고, 담백한 양념에 이리저리 무쳐져 나물이 되는 시간이다. 말씀 앞에 자신의 온 몸과 영혼을 내어 맡겨 온통 말씀으로 무쳐지는 시간이다.

묵상이란 우리의 지성과 가슴과 상상이 하나로 모아져 비벼지는 시간이다. 사람마다 어느 것을 더 많이 사용하느냐는 다르다. 각자의 기질과 기호에 따라 지성과 가슴과 상상의 정도는 달라질 수 있다. 그러나 그 중 하나라도 빠져서는 안 된다. 세 가지가 함께 비벼져야 제대로 된 묵상이 가능하다.

월간 묵상집을 편집하고 있던 시절, QT학교에서 한국인의 성경묵상에 대해 배웠던 한 집사님으로부터 자신이 묵상한 내용을 글로 보내왔다. '선택받은 청년'이라는 제목의 마리아의 남편이었던 요셉에 대해 묵상한 글이었다. 그 글을 읽고 나는 굉장히 도전을 받았다.

"요셉은 예수님이 열두 살 때 예루살렘에 다녀온 뒤로 성경에 나타나지 않는다. 성경은 요셉에 대해 '침묵'하고 있다. 이 침묵은 보기에 따라서는 예수님 등장을 위한 '배경인물'로 보일 수도 있다. 그러나 이 청년은 성경에서 '족보'가 말해주듯 배경인물을 위한 청년을 넘어 침묵 속에 담긴 하나님께 전적으로 '동의하는 삶'의 주인공이었다. 사는 곳은 중소도시인 나사렛, 지금 내가 사는 곳과 비슷한 곳이지만, 그의 생활은 언제나 무슨 일이나 하나님을 전적으로 신뢰하였던 '의로운 사람'이었다. 얼마든지 자기의 결백을 주장하며 파혼을 요구할 수 있었는데 '드러내지 아니하고 가만히 끊고자' 했던 침묵의 사람이었다.

그런 요셉을 바라보며 나의 젊은 날을 대치해 본다. 만약 내 약혼자가 나와 관계없이 임신한 사실을 알게 되었을 때 내 모습을 상상해 본다. 사랑하는 사람에게 배신당한 그 마음을 어떻게 표현했을까? 내가 모르는 임신이라니요, 도저히 믿을 수 없는 현실 앞에 긴긴 밤을 지새우며 어떻게 복수할까, 배신당한 마음을 어떻게 곱절로 돌려줄까 이를 갈았을 것 같다. 나중에 임신한 사실을 천사를 통해 알게 되었어도 한마디 말없이 순종할 수 있었을까? 아마 나는 요셉과 같이 하나님께 전적으로 동의했으리라고는 자신할 수 없다. "당사자인 저에게는 미리 귀띔이라도 주셨어야죠" 하며 볼멘소리를 하고 따라갔을 것이다. 그런데 청년 요셉은 역시 '선택받을 만한 청년'이었다. 그는 침묵의 사람이었다.

자기와 가장 가까이에 있는 사람의 허물을 덮어주었던 요셉, 약혼자의 결정적인 약점을 감추어 주었던 요셉, 청년 요셉은 '침묵'을 생각하기까지 어떠한 삶을 살았을까? 하나님께 어떻게 기도했을까? 평소에 어떤 방식으로 생활했을까? 이런저런 모습들을 상상해 본다. 난 아직도 하나님께 전적으로 동의하고 말씀대로 따라갈 믿음이 충분하지 못한 것 같다. '선택받은 청년 요셉', 그의 침묵이 부럽다."

이것이 바로 묵상의 힘이다. 묵상이란 "이 성경구절이 나에게 무엇을 의미하는가?"라는 질문을 제기하는 것이 아니다. 오히려 "이 성경구절이 과거에 무엇을 의미했는가?"를 묻고, 그 다음에 "하나님이 오늘 그 말씀을 통해서 나에게 어떻게 말씀하고 계시는가?"를 묻는 것이다. 그때 내면에서 들려오는 진실한 주님의 음성을 듣게 되고, 묵상을 통해 들려 온 그 음성에 순종하게 된다.

이것을 나는 이해와 깨달음이라는 두 과정으로 나누어서 설명하길 좋아한다. 이해와 깨달음은 다르다. 이해는 본문의 단어나 구절을 자신의 생각에 집어넣는 것이다. 아무리 쉬운 말씀도 이해가 되지 않으면 결코 자신의 생각에 담겨지지 않는다. 담겨지지 않았으니 당연히 이해나 깨달음도 없는 것이다. 우리는 이해가 되었을 때 그것을 기꺼이 받아들인다. 그렇지만 이해했다고 해서 그것을 깨달았다고 말할 수는 없다.

이해한 것을 깨닫기 위해서는 푹 익어야 한다. 머리에서 가슴으로 내려와야 한다. 생각에서 마음으로 옮겨져야 한다. 물론 이 과정은 순식간에 일어나는 일이다. 그렇지만 반대로 가장 오랜 시간이 걸릴 수도 있는 과정이기도 하다. 이해에서 깨달음으로 옮겨지는 과정 속에 믿음이 작용한다. 그리고 그 모든 과정을 성령께서 주장해 주실 때에야 비로소 묵상을 통한 진정한 깨달음에 이를 수 있다.

§ 이해에서 깨달음으로

"요나단이 자기의 무기를 든 소년에게 이르되 … 여호와의 구원은 사람이 많고 적음에 달리지 아니하였느니라"(삼상 14:6)

요나단은 무기든 소년과 단 둘이서 블레셋 진영에 올라가 싸울 계획을 세웠다. 그는 사람의 많고 적음이 아니라 하나님의 구원하심에 모든 싸움의 승패가 달려 있음을 확신하고 있었다. 그래서 그는 부하와 함께 적진 가까이 다가간다.

요나단은 블레셋의 적진을 향해 절벽을 타고 조금씩 기어서 올라가기 시작했다. 그리고 이제 블레셋의 적진에 다다른 두 사람은 그곳에서 하나님의 뜻을 시험해 보기로 한다. 하나님께서 지금 블레셋을 그들에게 붙이셔서 승리를 주실 것인지, 아니면 이 작전이 무모한 작전인지를 알아보고자 했다.

그들이 하나님의 뜻을 알아보기 위한 방법으로 선택한 것은 블레셋 군사들의 반응이었다.

"블레셋 군사가 거기 서 있으라고 하면 그냥 그 자리에 서 있고, 블레셋 군사가 올라오라고 하면 올라간다"(삼상 14:9~10)

그의 말을 묵상하면서 나는 너무 황당하다는 생각이 들었다. 도무지 이해할 수 없었다. 블레셋 군사가 멀리서 보고 "거기 서!" 하면 서 있다가 블레셋 군사들이 오면 그냥 잡히든지, 아니면 "이리로 올라오라"고 하면 올라가서 순순히 포로로 잡혀서 목숨만은 어떻게 구해보겠다는 말처럼 들렸기 때문이다.

그런데 계속 묵상하는데, 순간 요나단의 생각이 읽혀지면서 그의 말이 이해가 되었다. 요나단의 생각은 우리가 흔히 생각하는 것과 달랐다.

"하나님, 적진에서 저를 잡으러 내려오는 적들을 칠까요, 아니면 적진에 들어가서 싸울까요?"

그는 블레셋 군대와 싸워야 할지 말아야 할지 묻는 것이 아니라 어떻게 싸워야 하는지 묻고 있었던 것이다. 이스라엘을 침공하는 대적을 향해 싸워 여호와의 영광을 드러내는 것은 그에게 주어진 당연한 사명으로 여기고 있었다.

요나단의 말이 이해되자 즉시 깨달음이 찾아왔다. 그 깨달음은 요나단의 이러한 행동은 내가 당면하고 있는 상황과 맞물려 상당한 도전이 되었다. 당시 나는 기숙사를 함께 쓸 친구 문제로 고민하고 있었다. 지난 학기 함께 사용했던 친구와 헤어지길 원했기 때문이다. 한 학기 동안 서로 맞지 않는 생활방식과 습관으로 인해 관계가 힘들었다. 서로는 감정이 상해 있었지만 애써 숨겨왔다.

그래서 하나님께 그 친구와 새 학기에도 방을 같이 써야 할지에 대해 묻고 있었다.

"하나님, 방을 같이 쓸까요? 말까요?"

그런데 요나단의 말씀은 방을 같이 쓸 것에 대한 가부의 문제가 아니라 어떻게 함께 써야 할지에 대해 물어야 한다고 도전하고 있었다. 많은 시간 갈등하며 묵상하고 기도했다. 형제를 사랑하는 것은 그리스도인의 당연한 사명이지만, 그렇다고 힘든 한 학기를 더 보낸다는 것은 지혜롭지 못하다는 생각이 들었기 때문이다.

결국 그 친구와 방을 함께 쓰기로 결심할 수밖에 없었다. 사랑의 실천에 대한 가부의 문제가 아니라 방법의 문제임을 알았기 때문이다. 그래서 하나님께 그 방법을 물었다.

"하나님, 제가 찾아가서 함께 쓰자고 할까요, 아니면 그 친구가 찾아와서 말하도록 기다릴까요?"

결국 하나님은 그 친구가 찾아와서 먼저 말하도록 상황을 인도해 주셨다. 만남을 통해 하나님은 서로의 불편했던 마음을 함께 나누게 하셨고, 한 학기 동안 서로를 충분히 이해하고 배려하는 마음을 배우게 하셨다.

그러므로 묵상은 이해와 깨달음이 푹 익을 때 나온다. 묵상한다는 것은 "말씀이 우리의 머리에서 가슴으로 내려가게 한다"는 뜻이다. 묵상이란 거친 배추 잎에 양념이 베어들어 아삭한 김치가 되는 것이다. 거칠게 생명의 기운을 쏟아내던 나물이 데쳐지고 무쳐져서 온유한(?) 나물이 되는 것이다. 묵상은 머리와 가슴 사이에서 말씀이 푹 익어 삶과 말씀이 어우러진 비빔밥이 되는 것이다.

§ 맛있는 상상

"자, 이제 밥을 비벼먹어 보자. 비비는 그릇은 작은 그릇보다는 바가지, 함지 같은 커다란 용기가 좋겠다. 많이 비벼서 그릇으로 나누어 여럿이 먹는 게, 혼자서

적당한 그릇에 비벼먹는 것보다 훨씬 맛있다. 막 솥에서 꺼낸 밥, 뜨겁고 윤기 흐르는 밥에 숨이 죽은 겉절이를 섞는다. 숟가락을 두 개씩 양손에 나눠들고 '썩썩' 비빈다. 이 '썩썩'이 중요하다. 황소가 풀을 먹을 때처럼, 싸리 빗자루로 마당을 쓸 때처럼 힘 있고 숙달된 자세, 힘의 낭비가 없되 힘 있게, 숨이 죽는 삼투압작용으로 겉절이에서 나온 물이 비비는 일을 쉽게 한다. 다 비벼진 밥을 그릇에 나누어 담아 먹는다. 향긋한 맛, 이건 참기름의 공로다. 산뜻한 질감, 이건 배추의 공덕이다. 혀를 바쁘게 만드는 양감, 이건 밥의 은혜다. 더 이상 구별할 필요가 없다. 대부분은 과식을 한다."

성석제의 '입속에 가득차는 환희'라는 제목의 글이다. 읽고 있으면 그 맛이 지금 내 입속에 있는 듯 군침이 돌고, 당장이라도 달려가서 비벼 먹고 싶은 유혹이 불끈불끈 솟구친다.

성경을 읽는다는 것은 음식을 모두 입안으로 넣는 것이고, 묵상은 그것을 씹고 분쇄하여 그 맛을 느끼는 것이며 원기를 회복시켜주는 달콤함을 느끼는 것이다. 그래서 유진 피터슨은 묵상이란 책을 먹는 과정이라고 한다.

"그는 책을 먹는다. 그냥 읽는 것이 아니라 자신의 신경 말단에, 자신의 반사 작용에, 자신의 상상력 안에 집어넣는다. 그가 먹은 책은 성경이었다. 그가 먹은 책은 그의 예배와 기도, 그가 상상하는 것과 쓰는 것과 동화되었고 물질 대사를 통해 그가 기록한 책이 되었다."

성경은 영혼의 양식이다. 성경은 읽는 책이 아니라 먹는 책이다. 이 말은 누구의 말이 아니라 우리가 지금껏 듣고 말해 온 것이다. 먹는다는 것은 맛보고 씹고 음미하고 삼키고 소화시키는 것을 뜻한다. 숟가락을 들고 '슥슥' 소리를 내며 비벼먹을 때 머릿속에는 온통 맛있는 상상뿐이다.

나는 묵상을 이해와 깨달음이 서로 어우러져 비벼지는 과정이라고 했다. 이렇게 비비는 과정에서 묵상을 감칠맛 나고 맛깔스럽게 만드는 것이 바로 상상이다.

그럼 이제 말씀을 상상하는 것이 어떻게 말씀묵상을 풍성하게 하는지 한번 살펴보자.

성경에는 하나님의 말씀이 아닌 맛있는 음식에 대한 상상을 하다 결국 아들로부터 속임을 당했던 한 인물이 나온다. 그는 아브라함의 아들 이삭이다.

이삭의 아들 중 에서는 사냥꾼이다. 그는 몇 주씩 산과 들로 사냥하러 다녔다. 그가 사냥에서 오랜만에 돌아오는 날이면 집안은 온통 축제 분위기다. 집에서 키우던 양과 염소만 먹다가 오랜만에 특별한 음식, 별미(창 27:4)를 만들어 먹는 날이기 때문이다. 이삭은 에서를 좋아했다. 에서는 장남으로 남자답고, 리더십도 있고, 온 가족에게 기쁨을 주는 별미를 만들어주는 든든한 아들이다.

이삭은 나이가 들어 자신의 생명이 얼마 남지 않음을 알고 에서에게 별미를 만들어 오라고 부탁한다. 그 별미를 먹고서 마음껏 축복하고 싶다는 것이다. 나이 들어 무료한 일상 가운데 에서가 만들어 줄 별미는 자신의 눈을 번쩍 뜨게 만들 활력소가 되어 줄 것이라 생각했다.

이삭은 별미에 집착했다. 아버지의 집착은 결국 에서와 야곱을 수십 년간 갈라놓게 만드는 원인이 되었다.

나는 별미에 얽힌 상상을 하다가 이 별미가 바로 집착과 중독의 시작임을 깨닫게 되었다. 누구에게나 끌리는 맛, 기억을 새롭게 만드는 그 무엇이 있다. 그것에 대해 생각하고 또 생각하다 보면 집착하게 되고, 결국 중독에까지 빠지는 것이다.

이렇듯 성경말씀에 대한 상상은 본문에 대한 이해와 깨달음을 넘어 더 풍성하고 맛깔스런 말씀의 맛을 가져다준다. 그래서 혹자는 좋은 독자가 되기 위해서는 좋은 작가만큼이나 미술교육이 필요하다고 충고한다. 좋은 독자라면 반드시 자신들이 읽고 있는 것을 볼 줄 알아야 하며, 소설에 나오는 방과 옷과 등장인물들의 행동을 시각적으로 떠올릴 수 있어야 한다는 것이다. 이렇게 상상하며 읽는 가장 적절한 방법에 대해 시인 에이미 로웰은 "낭송과 낭독"이라고 말한다. 시 낭송이나 소설 낭독에 귀를 기울일 때 내면의 소리는 커지고 눈은 종이책에서 해방되며, 그 결과 이미지를 만드는 일에 집중하게 된다는 것이다. 그러므로 말씀의 더욱 풍성한 맛을 경험하고 싶다면, 말씀을 시각적 이미지로 바꾸는 상상으로 비벼야 한다.

§ 묵상은 비벼야 맛있다

성경을 묵상할 때는 세 가지가 고루 잘 비벼져야 맛있는 밥을 먹을 수 있다. 그것은 '이해'와 '깨달음'과 '상상'이라고 했다. 이해 없는 깨달음은 성경에서 말씀하는 본래의 뜻에서 지나치게 벗어날 수 있다. 깨달음이 없는 이해는 성경을 단순히 상식과 공부를 위한 것으로 전락하게 만든다. 상상이 없는 말씀은 실제적인 삶의 현장에서 말씀을 적용하는데 어려움을 겪을 수 있다.

데이비드 로스는 묵상과 공부가 조화를 이루어야 함을 강조한다. "묵상 없는 성경공부는 완전하지 않다. 바람 부는 사막과도 같이 무미건조하다. 그러나 경건한 성경공부가 없는 묵상은 그보다도 더 위험해서, 사람들을 감성주의나 심지어 신비주의의 깊은 구덩이에 빠뜨리기도 한다. 부지런히 깊이 있게 성경을 공부하지 않으면 묵상은 열매를 맺지 못한다. 성경공부와 묵상은 병행되어야 한다. 묵상은 말씀을 통해 하나님을 알기로 헌신한 삶에 열매를 맺게 한다."

이해와 깨달음이 서로 비벼질 때 그 속에서 이전에 깨닫지 못한 세미한 주님의 음성을 듣게 된다. 성경을 잘 이해하기 위해서는 소리 내어 반복해서 상상하며 읽어야 한다. 본문이 온전히 자신의 머릿속에 자리하게 하는데 상상만큼 좋은 도구는 없다. 그런 다음 눈에 들어오는 구절 혹은 단어에 집중한다. 구절이나 단어를 집중해서 묵상하다 보면 본문을 다시 보고 싶은 생각이 들게 될 때가 있다. 본문에서 이해한 뜻과 자신이 깨달은 뜻이 일치하는지 살펴보게 된다. 그 과정에서 자신의 생각에 대한 교정이 일어나기도 하고, 확신을 강화시키기도 한다. 그렇게 이해와 깨달음이 서로 이리저리 슥슥 비벼지는 것이다.

한 선배 목사님과 이야기를 나누다가 아주 인상적인 그분의 '이슬 같은 하나님'에 대한 묵상을 듣게 되었다.

"내가 이스라엘에게 이슬과 같으리니 저가 백합화 같이 피겠고 레바논 백향목 같이 뿌리가 박힐 것이라"(호 14:5)

그는 이 말씀으로 인해 하나님은 정의와 공의를 실행하시는 무서운 분이라는 생각이 한순간에 달아나게 되었다고 했다. 하나님은 무섭고, 정의를 위해 죄를 벌하시고, 바른 삶을 살지 않을 때 징책하시는 분이라고 지금까지 생각해 왔다고 했다. 그래서 누구보다 하나님의 마음에 드는 삶을 살기 위해 노력했다고 한다. 그러다 보니 조그마한 실수 가운데도 불안하고 두려운 마음이 앞서곤 했다고 고백했다.

호세아서를 묵상하던 중 '이슬 같은 하나님' 이라는 표현 앞에 이해할 수 없어 어리둥절할 수밖에 없었다고 한다. 너무나 생소하고 지금껏 경험한 하나님에 어울리지 않는 분처럼 여겨졌기 때문이다. 그래서 그는 왜 하나님이 이스라엘에게 이슬과 같은 분이라고 말씀하셨는지 묵상하기 시작했다. 비는 자연 만물을 소성케 하는 힘이 있다. 그렇지만 또한 그 이면에는 폭우와 같이 자연을 피폐하게 만들기도 하는 모습을 지니고 있다. 그런데 이슬은 자연 만물을 훼손하거나 파괴하지 않고 만물이 소생하게 하고 자라게 만든다. 이스라엘을 더 이상 고통과 환난 가운데 두지 않으실 것이라는 말씀이었다. 이슬은 어디에서 왔는지는 모르지만 아침마다 항상 내린다. 하나님의 자비도 그와 같을 것이다. 그리고 백합화에 꽃이 피게 하고 백향목의 뿌리를 더욱 견고히 하는 것처럼, 하나님께서 베푸시는 자비의 이슬을 통해 삶에 기쁨의 꽃을 피우고 주님께 더욱 뿌리가 깊이 박히게 될 것이다.

이슬과 같은 하나님을 가만히 묵상하다 보니, 지금까지 하나님은 이슬처럼 가만히 내려와 앉으셨음을 깨닫게 되었다. 부족하고 메마른 심령에 이슬의 하나님이 찾아오셔서 꽃을 피우고 깊게 뿌리박은 나무가 되게 하셨음을 깨닫게 되었다. 그는 다음날 아침에 일어나 집 앞 화단으로 나가 풀잎마다 맺혀진 이슬을 손으로 가만히 더듬어 보았다. 손끝으로 느껴지는 이슬을 통해 하나님을 만진 것 같은 체험을 할 수 있었다.

우리는 성경을 이해가 될 때까지 읽어야 한다. 깨달음이 올 때까지 읽어야 한다. 그리고 이해가 될 때까지 우리의 모든 생각과 상상력을 동원하여 묵상해야 한다. 그때 더욱 깊은 깨달음 앞에 서게 될 것이다.

1. 본문을 소리 내어, 표시하며, 강조하여 읽기
2. 본문을 작은 소리로 묵상하며 읽기
3. 본문에서 주목한 단어나 구절의 뜻과 의미를 생각하기
4. 본문에서 이해하여 깨달은 것을 기록하기

* * *

"복 있는 사람은 악인들의 꾀를 따르지 아니하며 죄인들의 길에 서지 아니하며 오만한 자들의 자리에 앉지 아니하고 오직 여호와의 율법을 즐거워하여 그의 율법을 주야로 묵상하는도다 그는 시냇가에 심은 나무가 철을 따라 열매를 맺으며 그 잎사귀가 마르지 아니함 같으니 그가 하는 모든 일이 다 형통하리로다 악인들은 그렇지 아니함이여 오직 바람에 나는 겨와 같도다 그러므로 악인들은 심판을 견디지 못하며 죄인들이 의인들의 모임에 들지 못하리로다 무릇 의인들의 길은 여호와께서 인정하시나 악인들의 길은 망하리로다"(시 1:1~6)

* * *

강조하며 읽은 단어나 구절은 무엇인가?
그것의 뜻과 의미를 생각해 보라.

당신이 묵상을 통해 깨달은 내용은 무엇인가?

7. 적용 : 살아나는 말씀

§ 성령님의 치환

필립 얀시가 "성령님의 치환"에 대해 설명하기 위해 자신의 경험을 소개한 적이 있다.

베토벤의 장엄한 제9번을 듣고 있다. 그런데 이 교향곡은 시간과 공학을 뛰어넘어 치환된 일련의 부호들일 뿐이다. 그 교향곡은 베토벤이 마음으로 '들은' 음악적 개념으로 시작되었다(이곳은 특별한 정신적인 위업이었다. 왜냐하면 그 작곡자는 그 당시 귀가 전혀 들리지 않는 상태에서 오직 기억만이 그를 인도하게 했을 뿐 그의 개념들을 악기로 검증할 수 없었기 때문이다). 당시 베토벤은 음악적 기보법으로 알려진 일련의 부호들을 사용하여 그 교향곡을 종이에 옮겨 적었다.

그 곡을 연주한 오케스트라는 백 년도 더 지난 오늘날 그 부호들을 읽고 해석하여, 그 부호들을 베토벤이 정신 속에서 '들었던' 것과 유사한 영광스러운 음으로 재현했다. 녹음 엔지니어들은 그 오케스트라 음을 일련의 자극(magnetic impulses)으로 바꾸어 릴 테이프에 담고, 스튜디오에서는 그 부호를 보다 기계적인 형태로 바꾼 다음 궁극에 가서는 내 레코드 앨범의 작은 잔물결로 변화시켰다.

나의 턴테이블은 지금 그 잔물결을 '해석하여' 확성기로 그 진동음들을 전달하여 또 다른 일련의 기계적인 행동들을 가동시키게 된다. 작은 뼈들이 내 고막을 두드리게 되면 점액을 통해서 그 진동음들이 25,000개의 소리 감각세포들이 기다리고 있는 코르티 기관(the Organ of Corti)으로 전달된다. 이 세포들은 일단 자극을 받게 되면 전기 메시지를 보낸다. 결국 단순한 점과 선으로 된 부호인 이러한 자극들이 나의 뇌에 도달하게 되면, 나의 뇌에 있는 피질 지각력(the cortical screen)은 그 자극들을 내가 베토벤 교향곡 제9번으로 식별하는 음으로 해석한다. 그러면 나는 글을 쓰면서 그 위대한 음악을 듣는 동안 쾌학을 경험하게 되며 심지어는 기쁨까지도 경험하게 된다. 그리고 이 기쁨은 다시 한 번 내 몸의 '보다 낮은 차원'의 기능들을 통해서 전달된 기쁨이다.

성경을 읽는 독자는 묵상이라는 과정을 통해 성경이 쓰여졌던 시대에 주셨던 성령의 감동이 현실로 치환되는 것을 경험한다. 성령님은 로고스의 말씀을 레마의 음성으로 치환시켜주시는 분이다.

헬라어에는 '말씀'에 대한 두 가지 용어, 즉 로고스(Logos)와 레마(Rhema)가 있다. 신약성경에서 331번이나 사용되는 로고스는 원리와 개념, 이상이 구체화된 것으로써 하나님의 생각의 표현이라고 정의한다. 대조적으로 신약성경에서 70번 사용되는 레마는 특별한 말씀이나 주장, 특별한 문제나 사건 또는 경우로 정의 된다. 말씀은 빛에 비유되기 때문에 일반적으로 로고스는 태양 광선으로, 레마는 인간의 눈에 보이거나 파악되는 일부 광선으로 설명할 수 있다.

로고스, 다시 말해 하나님 말씀의 일반적인 원리는 우리가 읽고, 명상하고, 공부하는 것을 통해 우리의 마음과 정신 속에 든든히 세워질 필요가 있다. 로고스는 우리가 가지고 살아야 할 가치와 원리와 안내 지침을 준다. 반면 레마는 개인적으로 주어지는 하나님의 특별한 말씀, 즉 우리 각자의 환경과 관련된 말씀이며 우리 삶에 대한 그분의 유일한 계획과 목적을 알려주는 말씀이다. 우리는 로고스라는 보다 광범위한 문맥 속에서 자신에게 특별히 말씀하시는 그분의 음성인 레마를 듣는다. 로고스와 레마가 함께 역사함으로 말씀이 우리 존재의 가장 깊은 곳까지 뚫고 들어와 우리 마음의 어두움과 속임을 깨뜨리는 두 개의 날선 검이 되는 것이다. 말씀은 빛의 위대한 근원이다. 시편 기자는 "내 눈을 열어서 주의 율법에서 놀라운 것을 보게 하소서"(시 119:18)라고 말했다. 말씀이 마음의 망막에 와서 부딪칠 때 통찰이 생기게 되는 것이다.

계시는 단순히 새로운 지식이나 더 깊은 이해가 아니다. 이것은 우리 마음에 영향을 주어 삶의 양식에 필연적인 변화를 가져오는 통찰이다. 하나님에 대한 책들을 읽었으나 하나님을 인격적으로 모르는 신학자보다 아무것도 모른 어린아이가 하나님에 대해 더 많은 계시와 이해를 가질 수 있는 것도 그런 이유다. 계시는 순종에 뒤이어 온다. 하나님이 우리에게 말씀하신 것에 순종할 때 우리는 삶의 변화를 경험하게 된다. 그것은 신령한 일이며, 하나님의 영의 사역이다.

하나님의 말씀이 희귀하여 이상이 흔히 보이지 않는 시대가 있었다 (삼상 3:1). 엘리 제사장 밑에서 성전 일을 도우며 살던 사무엘의 어린 시절에는 여호와의 말씀이 희귀했다. 그때에는 여호와 하나님께서 사람들에게 직접 말씀하시는 일이 거의 없었을 뿐만 아니라 환상을 보는 일도 거의 없었다. 하나님이 침묵하시던 시대였다. 물론 하나님의 침묵에는 엘리가 한몫을 담당했다. 그는 하나님의 말씀과 이상을 풀어주고, 하나님이 계시는 성전에서 제사 드리는 제사장이었다. 그런 그가 지금 눈이 어두워 거의 보지 못하게 된 것이다. 엘리 제사장의 눈이 어두웠다는 것은 하나님의 이상과 하나님의 말씀이 점점 가물가물해져 가고 있는 이스라엘의 모습을 단적으로 보여주는 표현이다. 눈이 어둡다는 것은 사리분별력이 떨어졌다는 말이다. 엘리의 육적인 눈뿐만 아니라 영적인 눈까지도 어두워졌다는 것을 비유적으로 표현하는 말이다.

하나님은 아이 사무엘에게 나타나셔서 말씀하셨다. 수많은 제사장과 성경에 박식한 사람들 가운데 자신을 계시하지 않으셨던 하나님은 아이 사무엘을 부르셨다. 엘리는 하나님의 음성이 사무엘에게 들렸음을 직감적으로 알 수 있었지만, 그의 영적인 감각은 무딜 때로 무뎌져 즉각 깨닫지 못했다. 아이 사무엘은 엘리 제사장의 지시에 따라 하나님의 음성을 듣기 위해 일어나 귀를 기울였다.

성경을 많이 읽는다고 성경말씀대로 잘 사는 것은 아니다. 엘리는 로고스의 말씀은 많이 알고 있을지 몰라도 정작 레마의 음성은 전혀 듣지 못했던 것이다. 이것이 오늘날 말씀이 희귀한 때를 살아가는 성도들의 현실이기도 하다. 성경에 대한 지식과 신앙생활에 대한 지식은 점점 많아져 가지만, 레마의 음성을 듣지 못한 채 살아가고 있다. 그래서 성경을 읽어도 별 수 없다는 생각에 성경과 함께 마음도 접어버리는 것 같다.

레마의 음성을 듣기 위해 사무엘처럼 "말씀하옵소서, 종이 듣겠습니다"라는 자세로 엎드려야 한다.

"어두운 내 눈 밝히사 진리를 보게 하소서.
진리의 열쇠 내게 주사 참 빛을 찾게 하소서.
깊으신 뜻을 알고자 엎드려 기다리오니
내 눈을 뜨게 하소서 성령이여!

막혀진 내 귀 여시사 주님의 귀한 음성을
이 귀로 밝히 들을 때에 내 기쁨 한량 없겠네
깊으신 뜻을 알고자 엎드려 기다리오니
내 귀를 열어주소서 성령이여!"(새찬송가 366장)

§ 천자문과 만자문

두 친구가 금강산에 있는 유명한 스승을 찾아가 글을 가르쳐 달라고 부탁했다. 스승은 두 젊은이에게 천자문을 주면서 일 년 동안 공부하라고 했다. 한 친구는 꼼짝없이 자리에 앉아 천자문을 외우고 또 외웠다.

책이 다 닳아 헤어지도록 반복해서 읽다 보니 어느새 천자문에 환해졌다. 무슨 글자가 앞에서 몇 번째, 뒤에서 몇 번째 나오는지 알 정도였으니까.

다른 친구 역시 열심히 천자문을 공부했다. 그런데 어느 정도 읽고 나니 더 이상 얻을 것이 없다고 여겨졌고, 그 친구는 책을 덮고 금강산 유람길에 나섰다.

길을 가다 보니 두 아이가 떡 한 조각을 놓고 반으로 공평하게 나누기 위해 떡 한가운데 막대기를 대고 "됐지?, 됐지?" 하며 애를 쓰고 있었다. 그 모습을 지켜보던 젊은이는 "아하, 가운데 '중(中)' 자는 저런 의미구나, 누구에게도 공평한 것이구나" 하는 것을 깨우치게 되었다.

또 하루는 논을 지나다 보니 사람들이 새참을 먹고 있었다. "무더운 날씨에 고생이 많으시네요" 하고 젊은이가 인사를 하자, "우리 같은 남정네들은 그저 머리에 논밭을 이고 사는 사람들이지요" 하고 대답을 했다. 순간 젊은이는 "아하, 사내 '남(男)' 자의 뜻은 그런 거구나" 하는 사실을 깨닫게 되었다.

이런 식으로 그는 천자문의 글자 뜻을 하나하나 익혀나가기를 일 년이 되자, 스승은 두 젊은이를 불렀고 그동안 어떤 공부를 했는지 물었다. 한 젊은이는 천자문을 자신 있게 외웠고, 다른 한 젊은이는 천자문의 이치를 깨친 사실을 말했다.

그러자 스승은 껄껄 웃으며 두 젊은이에게 이렇게 말했다.

"너는 천자문을 배웠지만, 너는 만자문을 배웠구나."

성경을 바르게 읽는 방법은 그저 글의 껍질만 읽어 축축한 흙을 얻은데 만족해서는 안 된다. 언제 어디서나 쓸 수 있는 달고 찬 샘물을 길어 올리는 독서를 해야 한다. 이를 위해 땅을 깊이 파서 깊은 곳에서 솟아나는 우물을 만들어야 한다.

성경을 읽는 목적은 하나님의 말씀을 듣고 깨달아 영적인 생활의 맥과 원리를 발견하기 위함이다. 그 원리를 발견하여 실제 생활에 적용할 때 그 말씀은 살아있는 말씀이 된다.

가끔씩 할인마트에 가보면 푸드코트 입구에 전시해 놓은 각종 음식들을 보게 된다. 가장 맛있어 보이는 색깔로 사람들의 눈을 유혹하고 있다. 그런데 아무리 맛있어 보이는 음식도 맛을 보지 않고는 평가할 수 없다. 음식은 맛으로 승부해야 한다. 성경묵상의 맛은 깨달은 말씀을 실제 삶에 적용할 때 느낄 수 있다. 그러므로 묵상한 말씀이 실제 삶에 적용되기 위해서는 통찰의 과정이 필수적이다. 자신의 생각과 언행의 움직임을 살피는 일이 먼저 일어나야 한다. 그러한 살핌에서 진정한 적용이 나오는 것이다.

그렇게 성경을 삶에 적용할 때 기록된 문자에 매여 있는 죽은 말씀이 아니라 살아있는 하나님의 말씀이 된다. 성경을 읽고 묵상하는 사람에게 성경은 아직까지 결말이 지워지지 않은 '네버엔딩 스토리'가 된다.

§ 세상을 읽어라

가끔씩 아이를 데리고 동네 문구점에 갈 때가 있다. 문구점에 들어서면 각종 문구와 장난감, 액세서리와 심지어 먹을거리까지 정신없이 쌓여 있다. 특별히 사고 싶은 것이 있어서 온 것은 아니다. 그저 뭔가를 사야겠다는 생각만 있을 뿐이다. 그럴 때면 무엇을 골라야 할지 몰라 입구에 서서 그냥 손만 빨고 있는 모습을 보곤 한다.

"뭐가 갖고 싶니? 스티커 사줄까? 장난감 사줄까? 고무 찰흙 사줄까?"

이것저것 물어도 고개만 흔들 뿐 어느 것 하나 딱히 원하는 것을 말하지 못한다. 그냥 뭔가 특별한 것이 나타날 것이라는 생각에 두리번 거린다. 그러다가 결국 고른 것이 삼백 원짜리 지우개다. 지우개가 집에도 서너 개가 있는데 말이다.

하나님은 항상 성경을 통해 말씀하신다. 하나님은 우리 삶에 필요한 일에 대해 성경을 통해 깨닫기를 원하신다. 그런데 왜 사람들은 성경을 통해 하나님의 음성을 제대로 듣지 못하는 것일까?

하나님의 음성을 잘 듣기 위해서는 '두 가지 읽기'가 필요하다. 먼저 성경을 읽어야 하고, 다음으로 세상을 읽어야 한다. 특별히 오늘 자신이 보낼 하루를 읽어야 한다. 오늘 하루의 삶에 대한 아무런 생각도 계획도 없는 사람에게 하나님께서 어떤 말씀으로 인도해 주실지 기대한다는 것은 마치 무엇을 살 것인지에 대한 아무런 계획도 없이 할인마트 상품 진열대 앞에서 서성대는 것과 같다.

할인마트에 가서 충동구매를 하지 않고, 필요한 물건을 사기 위해서는 무엇이 필요한지 목록을 작성해야 한다고들 한다. 구매할 목록 없이 장을 보면 사지 않아도 될 물건을 사느라 정작 사야할 물건을 사지 못한 채 돌아오기도 한다. 어떤 때는 판매원의 유혹에 넘어가 언제 필요할지도 모를 물건을 미리 염려해서 사기도 한다.

성경은 마치 할인마트와 같다. 성경에는 수많은 영적 생필품들이 가득하다. 어느 것 하나 필요하지 않는 말씀은 없다. 수많은 말씀 중에 오늘 당장 필요한 말씀을 찾아야 한다. 그러기 위해서는 오늘 어떤 삶을 살게 될 것인지 알아야 한다. 그래야 오늘 필요한 말씀을 발견할 수 있다.

오늘 하루를 제대로 읽어낸 사람은 반드시 성경 읽기를 통해 하나님의 음성을 듣게 된다. 그런데 이 과정에서 순서를 반드시 지켜야 한다. 성경 읽기가 먼저이고, 세상 읽기는 다음이다. 이 순서가 뒤바뀌면 자기만족의 성경 읽기로 변할 수 있다.

또한 성경에서 오늘 하나님이 주셨으면 하는 말씀을 찾아 읽으려고 한다면, 그는 하나님의 말씀으로 위안을 얻는 것으로 만족해야 한다. 그가 성경을 통해 얻고자 했던 것은 위안이었기 때문이다. 그러나 하나님께서 자신의 인생을 향해, 인생을 경영하는 가운데 오늘 주시는 음성을 듣기 원하는 마음으로 성경을 읽는다면, 반드시 하나님은 때를 따라 돕는 은혜의 말씀으로 인도하실 것이다.

우리가 하나님의 말씀을 매일 읽고 묵상하려는 목적은 하나님의 말씀을 따라 하루를 살고, 하나님의 인도를 따라 결정을 내리고 싶기 때문이다. 매일 말씀묵상을 하는데 있어서 최고의 장애물은 적용할 말씀이 없는 묵상이다. 그렇기 때문에 지속적으로 영감 있는 말씀묵상을 하기 위해서는 당신이 살아갈 세상, 적어도 오늘 하루를 읽어야 한다. 그래야 하나님의 말씀을 바르게 적용할 수 있다.

§ 손발이 닳도록 적용하기

"저, 묵상 못하겠어요."

"왜?"

"묵상하면 할수록 마음에 부담만 쌓여서 못하겠어요."

QT학교에 참가했던 한 형제의 솔직한 고백이다. 그 형제는 말씀을 묵상하는 가운데 하나님이 그 형제에게 말씀하신 것을 노트에 적었다. 또 행한 것과 행하지 못한 것을 구별하여 적어 보았다. 그런 중에 그는 말씀을 실천한 것보다 실천하지 못한 것이 훨씬 많은 것을 발견했다는 것이다. '지금까지 묵상한 말씀도 제대로 실천하지 못하는데, 앞으로 묵상을 계속한다면 결국 실천하지 못한 죄책감만 커지겠다'는 생각이 들었다고 했다.

지금까지 배웠던 묵상한 말씀을 적용하는 법을 생각해 보면 충분히 이해가 되는 솔직한 고백이다. 말씀묵상을 하면서 나도 그런 고민을 해보았기 때문이다. 묵상한 말씀을 오늘 당장 구체적으로 실천해야 올바른 적용이라고 배웠다. 그래서 이웃을 사랑하라고 하면, 일찍 일어나서 집 앞을 청소하고, 옆집 앞마당도 쓸어줘야 한다고 배웠다. 그리스도인으로써 정직하라고 하면, 오늘 하루는 무조건 정직한 하루가 되기 위해 힘써야 하는 날이 되곤 했다. 용서하라는 말씀이 나올 때면, 용서하지 못한 사람들의 명단을 작성해서 적어도 몇 명에게 만나거나 전화해서 용서를 빌어야 제대로 적용했다고 생각했다.

그렇게 적용을 하다 보니 묵상하는 시간이 마치 하나님으로부터 지시사항을 전달받는 시간처럼 여겨질 수밖에 없었다. 그날 주신 지시사항을 제대로 이행하지 못하면, 다음날 묵상시간은 괜히 죄스럽고 불안한 마음이 들기까지 했다.

아이들이 매일 학습지를 받아 문제를 풀고 공부하다가 하루 이틀 밀릴 때가 있다. 밀린 학습지에 새로운 학습지가 계속 쌓이다 보면 부담만 커져 제대로 공부하지 않게 된다. 그렇게 십일만 지나면 쌓아둔 학습지로 열심히 하자는 생각은 사라지고 학습지 구독도 멈추게 되는 것과 같다.

그렇다면 의무감으로 가득한 적용이 아닌 삶의 변화를 일으키는 적용을 하려면 어떻게 해야 할까? 그것은 마치 운동을 배울 때 기본 동작을 집중해서 훈련하는 것과 같다. 기본 동작이 몸에 익숙해지면 자동으로 그 기술이 나오게 되는 이치다.

중학생 시절 유도를 잠깐 배운 적이 있는데, 관장님은 처음 왔으니 낙법을 배워야 한다고 했다. 낙법을 배우고 나면 유도 기술을 가르쳐 준다고 했다. 당시 나는 마음이 조급했다. 왜냐하면 친구들은 이미 배운지 오래되어서 각종 기술로 대련하고 있었기 때문이다. 하루라도 빨리 기술을 배워서 친구들과 대련해서 그들의 코를 납작하게 해주고 싶었다.

그런데 관장님은 이런 나의 바램을 완전히 무시해 버렸다. 한 달간 혼자서 매트 위로 넘어지는 낙법만 연습해야 했기 때문이다. 그렇게 낙법 연습을 한 뒤 관장님의 테스트가 있었다. 관장님이 매트에 나를 들어 매쳤다. 그때 나도 모르게 팔을 쭉 벌리며 낙법으로 안전하게 바닥에 떨어졌다. 관장님은 유도에 있어서 가장 중요한 것은 다른 사람을 넘기는 기술이 아니라 먼저 자신이 다치지 않도록 안전하게 넘어지는 낙법이라고 말해 주었다.

테스트에 통과한 뒤 이제 본격적인 기술훈련을 받게 되었다. 관장님은 한 달간 업어치기 기술만 연습해야 한다고 했다. 매일 고무 튜브를 잡고서 업어 치는 연습을 했다. 그렇게 한 달이 지나자 친구와 대련할 기회를 주었다. 지금도 그때를 잊을 수 없다. 태어나서 처음으로 누군가를 내 어깨 위로 들어 매쳤기 때문이다.

이것이 바로 무협지나 무협영화에서 말하는 내공이다. 내공이 쌓여야 필요할 때 저절로 나오게 된다. 이것이 말씀을 묵상하여 자신의 삶에 적용하려는 사람이 잊지 말아야 할 것이다. 말씀도 내공이 쌓여야 제대로 적용할 수 있다. 그날 배운 것을 그날 사용해야 한다는 식으로 무리하게 적용하다 보면, 묵상이 힘들어지고 부담만 늘어나 결국 포기하게 된다.

나는 하나님의 말씀이 살아서 운동력이 있다는 것을 믿는다. 살아있다는 것은 움직인다는 것이고, 결국 우리의 몸과 영혼을 움직이게 만드는 운동력이 된다는 말이다. 그러므로 하나님의 말씀이 우리 속에 충만해지면 저절로 상황에 맞는 기독교적 가치관과 행동이 나오게 된다. "그는 시냇가에 심은 나무가 철을 따라 열매를 맺으며 그 잎사귀가 마르지 아니함 같으니 그가 하는 모든 일이 다 형통하리로다"(시 1:3)

하나님의 말씀이 흐르는 시냇가에 심겨진 나무는 스스로 노력해서 열매를 맺는 것이 아니다. 시냇가에 닿은 뿌리는 물을 빨아들여 그 수액이 가지 끝까지 전달된다. 그리고 철을 따라 잎사귀와 열매를 맺게 되는 것이다.

그러므로 내공을 쌓아야 한다. 내공이란 하나님의 말씀을 매일 묵상하고 그 말씀대로 살아가기 위해 손발이 닳도록 애쓸 때 생겨난다. 아무리 오래도록 신앙생활 해도 내공이 없으면 그의 삶에서 그리스도인으로서의 능력을 기대하긴 어렵다. 서당개처럼 풍월은 읊을 수 있을 뿐이다.

§세 가지 적용

하나님께서 약속해 주신 땅 가나안 입성을 앞둔 여호수아는 백성들에게 선포하였다. "이 율법책을 네 입에서 떠나지 말게 하며 주야로 그것을 묵상하여 그 안에 기록된 대로 다 지켜 행하라 그리하면 네 길이 평탄하게 될 것이며 네가 형통하리라"(수 1:8). 여호수아 시대 백성들과 함께 하나님의 말씀을 묵상하는 모든 신자에게 주신 말씀은 "그 가운데 기록한 대로 지켜 행하라"는 말씀이다. 적용이란 하나님의 말씀대로 살아가기 위해 자신의 몸과 마음과 생각의 움직임을 살피는 통찰을 뜻한다.

그런데 한 가지 문제는 성경을 통해 하나님께서 직접적으로 "이렇게 하라! 저렇게 하라!"고 명령하지 않으신다는 사실이다. 성경에 기록되어져 있는 많은 교훈과 명령과 계시와 약속은 우리들을 향한 하나님의 말씀이기에 앞서서, 일차적으로 이스라엘 백성들과 신약시대의 그리스도인들과 예수님을 따르던 사람들을 향해 선포되었던 말씀이었다.

이것이 우리가 성경을 묵상하고 그 말씀을 오늘의 삶에 적용하는 법을 배워야하는 이유다. 만약 하나님께서 성경을 직접적으로 윤리강령이나, 교훈집, 아니면 율법책처럼 만들었다면 그것은 묵상할 필요가 없다. 그저 그대로 실천하기만 하면 된다. 그러나 성경은 그런 방식으로 기록되지 않았기에 성경을 읽는 독자는 성경을 통해 삶에 적용하는 법을 배워야 한다.

그런 점에서 나는 지난 세월동안 하나님의 말씀을 묵상하면서 한국인에게 맞는 적용법이 있음을 깨닫게 되었다. 나의 적용하는 사례들을 살펴보니, 대개 세 가지 범주로 적용하는 것을 발견했다.

1. 오늘 적용해야 할 중요한 말씀이 있다.
2. 성령의 열매인 성품의 변화를 위한 말씀이 있다.
3. 생각과 태도와 행동의 변화를 위한 말씀이 있다.

이 세 가지 적용만 잘 구별해도 상당히 실제적인 적용이 이루어지고, 내공이 쌓이는 묵상과 적용이 이루어졌음을 알 수 있었다. 이제 그 세 가지 적용법을 구체적으로 소개해 보려고 한다.

첫 번째, 오늘 적용해야 할 중요한 말씀이 있다.

성경을 읽는 독자는 하나님은 성경을 통해 말씀하신다는 사실을 믿는다. 하나님은 성경을 읽는 독자의 삶에 필요한 것을 성경을 통해 깨닫기 원하신다. 그러면 하루를 살아가기 위해 우리가 들어야 할 하나님의 음성을 어떻게 들을 수 있을까?

중요한 결정을 내려야 하는 순간이 있었다. 「행복 수리공」의 출판을 도와줄 출판사를 정해야 하는데 어디로 정해야 할지 고민스러웠다. 그때 히브리서 말씀을 묵상하고 있었는데 "더 좋은"이라는 단어가 계속해서 눈에 들어왔다.

"더 좋은 약속, 더 좋은 소망, 더 좋은 제물, 더 좋은 것."

이 말씀이 혹시 출판사를 정하는데 필요한 말씀일 수 있겠다는 생각이 들어 "더 좋은"이란 말씀을 가만히 묵상하기 시작했다. 그러다가 "너희가 악한 자라도 좋은 것으로 자식에게 줄 줄 알거든 하물며 하늘에 계신 너희 아버지께서 구하는 자에게 좋은 것으로 주시지 않겠느냐"(마 7:11)는 말씀이 떠올랐다.

좋은 것을 주시는 하나님을 신뢰하고 기도드리기 시작했다. 그러던 중 하나님에 대해 새롭게 깨달아지는 것이 있었다. 좋은 것을 주시는 하나님 아버지, 그분이 바로 내 삶에도 동일하게 좋은 것을 주실 것이라는 확신이었다. 이전까지 이 말씀에 대해 알고 있었지만, 이처럼 나 자신을 위해 준비해 두신 말씀이라는 생각을 하지는 못했다. 좋은 것을 주시는 하나님을 신뢰하지 못하고 염려하며 불안해했던 모습이 참 부끄러워 그 자리에서 무릎 꿇고 하나님께 불신을 회개하고 감사의 기도를 드렸다.

QT하는 그리스도인에게 "당신은 왜 하나님의 말씀을 묵상하느냐"고 물어보면, 상당수는 오늘 어떻게 살아야 할지 주님의 음성을 듣고 싶기 때문이라고 한다. 나도 사실 매일 주님이 주시는 음성을 따라 한순간 한순간을 살아가고 싶다. 그런데 하나님은 "오른쪽으로 가거라, 동쪽을 조심해라, 계약을 체결하지 마라, 집을 사라"와 같은 그런 말씀을 주시지는 않는다. 하나님의 음성은 문자적인 적용이 아니라 오늘 하루 시급한 일이나 만남, 혹은 자신의 감정과 생각 가운데 중심을 꿰뚫어보는 통찰을 주신다. 그러므로 하나님의 음성은 우리에게 지식적 깨달음을 넘어 영적 깨달음이라는 통찰에 있음을 잊지 말아야 한다.

당신이 만약 오늘 당장 적용해야 할 말씀을 구하고 있다면, 먼저 스스로를 돌아보아야 한다. 우리는 매일 하나님의 말씀을 읽고 듣고 가까이 대하지만, 지식적 깨달음을 얻는 것으로 그칠 때가 자주 있다. 그러나 지식적 깨달음은 결코 오늘을 위한 말씀이 될 수 없다. 그 깨달음이 진정으로 자신의 삶에 연결되어 깨달아질 때 그것은 영적 깨달음이 되며, 살아서 운동력 있는 통찰력 있는 오늘의 말씀이 되는 것이다.

그래서 나는 적용은 또 다른 묵상이라고 생각한다. 말씀 속에서 발견한 깨달음은 삶 가운데 적용되어야 하기 때문이다. 삶에 대한 진지한 묵상 없이는 하루 동안 적용할 말씀도 발견할 수 없다. 그런 점에서 그리스도인은 두 가지의 귀, 하나님을 향한 귀와 세상을 향한 귀를 가져야 한다. 이것을 존 스토트는 "이중적 귀 기울임"이라고 표현했다. 그리스도인은 하나님의 말씀을 듣고, 세상의 소리를 들어 하나님과 세상의 벌어진 사이에 다리가 되어야 한다. 성경을 묵상하는 유일한 목적은 하늘의 뜻이 땅에서 이루어지게 하는 것이다. 하나님의 말씀이 오늘 나의 삶의 현장에서, 나의 삶을 통해 살아서 움직이게 하는 것이다.

두 번째, 성령의 열매인 성품의 변화를 위한 말씀이 있다.

삶에서 지금 바로 바꿀 수 없는 것에는 여러 가지가 있다. 그 중에서 가장 많은 고민과 실망감을 안겨주는 적용이 있다. 그것은 성품 변화로써, 성품 변화는 결코 한순간에 이루어지지 않는다. 성품의 변화는 살아온 세월과 비례하는 시간이 필요하다. 우리는 모두 그리스도를 본받아 그분의 성품을 닮아가야 한다. 그리스도의 성품을 닮아가게 될 때 누리는 열매가 바로 성령의 열매이다. 성령의 열매를 맺는 삶은 오늘 당장 무엇을 실천하고, 어떤 것을 참고, 너그러운 마음을 가졌다고 맺어지는 것이 아니라 수많은 인고의 세월과 자기 연단과 훈련을 통해 맺어진다(갈 5:22~23, 빌 2:12).

나는 오랜 시간 동안 제대로 된 적용을 하지 못했다. 사랑에 대한 말씀을 묵상했다면, 나는 그 말씀을 누군가에게 선물을 주고, 칭찬의 말을 하고, 용서하는 말을 하는 것으로 사랑에 대한 적용을 했다고 생각했고, 부끄럽지만 그렇게 가르치기도 했다.

시편 1편 3절에 있는 "그는 시냇가에 심은 나무가 철을 따라 열매를 맺으며"라는 말씀은 그런 나의 실수를 한순간에 깨닫고 돌이키게 만들었다. 성령의 열매는 나의 노력으로 맺어지는 것이 아니라 철을 따라 맺는 것이다. 그러므로 나에게 필요한 것은 지속적으로 시냇가에 심은 나무가 되어 나의 삶에 성령께서 성품의 열매를 맺어주시길 간구하는 삶이다.

어릴 적 참 좋아했던 찬송이다. 이 찬송을 부를 때면 온유한 마음으로 주님의 사랑을 독차지하고 싶은 욕심이 생기곤 했다.

한두 살 나이가 들고 환경과 관계의 폭이 넓어지면서 온유한 마음이 가장 힘든 마음이라는 생각이 들었다. 본심과 다르게 오해하고 오해받기도 하고, 버럭 화를 내기도 하고, 사람들을 향해 비난과 불만의 화살을 쏘기도 하고…. 언제부터인가 온유한 사람이 되게 해달라는 기도를 항상 첫 번째 제목으로 올려놓았다. 그리고 이제 목회자로 살아가면서 더욱 온유함에 대한 부담은 날로 커져만 갔다. 그러나 불쑥불쑥 올라오는 분노와 날카로운 비판과 비난의 말들은 분명 온유한 마음을 위해 그동안 쌓아왔던 노력을 물거품이 되게 만드는 것 같았다.

수고하고 무거운 짐 진 자를 쉬게 해주시겠다고 했지만, 정작 온유한 마음에 대한 부담은 언제나 무거웠다. 예수님은 스스로를 온유하고 겸손하다고 말씀하셨다. 그런데 예수님을 따르는 제자의 삶을 살아가겠다고 외치는 나의 모습은 점점 온유로부터 멀어지는 듯 했다. 어떻게 하면 온유하게 말하고, 온유한 모습을 할 수 있을지 부담스러웠다.

어느 날 묵상 본문을 따라가다 "수고하고 무거운 짐 진 자들아 다 내게로 오라 내가 너희를 쉬게 하리라 나는 마음이 온유하고 겸손하니 나의 멍에를 메고 내게 배우라 그리하면 너희 마음이 쉼을 얻으리니"(마 11:28~29)라는 말씀 앞에 멈추게 되었다.

그날 묵상의 시간은 주님을 향해 온유한 마음에 대한 한탄과 간구로 채워졌다. 그리고 그날 오후 묵상과 관련해서 데이비드 로스 선교사님의 「묵상하는 그리스도인」을 읽다가 온유함에 대해 생각이 깨어지는 경험을 했다.

"나는 한국에 있을 때 운보라는 필명을 가진 유명한 화가 김기창의 그림에 매우 감복했다. 커다란 벽 크기의 대형 캔버스에 아무런 구속 없이 힘차게 뛰며 도약하는 야생마들을 그려낸 노련한 솜씨가 그의 가장 큰 매력이었다.

그의 그림을 감상하는 법을 배우는 동안, 온유 또는 온순을 뜻하는 고대 헬라어에 '야생마가 주인의 가장 부드러운 명령에도 순종하도록 길들여졌다'는 뜻이 포함되어 있음을 기억했다. 말은 힘을 빼앗긴 것이 아니라, 주인이 원하는 대로 힘의 방향이 조정된 것뿐이다. 온유한 그리스도인이란 의지를 하나님께로 조정한 사람, 즉 자신의 의지보다 하나님의 뜻을 더 우선하는 사람이다."

그동안 온유한 마음이란 사람들과의 관계에서 적당하고 부드러운 어조의 말을 하고, 분을 내지 않고, 언제나 잔잔한 미소에 눈을 지그시 감은 모습이라고 생각해왔다. 그래서 속에서 솟아오르는 열정마저도 누그러뜨리고 숨죽이며 흐느적거리며 좋은 게 좋은 거라는 식으로 살아가는 사람을 부러워했다.

그런데 온유함이라는 그 속에 야생의 열정이 솟구치지만 주인 앞에서는 언제나 온순한 모습으로 서 있으며, 주인의 뜻에 따라 야생의 열정을 불태울 수 있는 그런 모습이라는 것이다. 사람들 앞에서 온순한 모습으로 그럴듯하게 신사적인 모습을 하고 있는 것이 온유가 아니라 주님께 기꺼이 나의 열정과 의지를 내어놓고 그분께 가만히 순종하는 모습이 바로 온유이다.

이렇게 온유함에 대해 새롭게 묵상하게 되자, 나의 기도는 달라지기 시작했다. 주님께 정말 순종하는 야생마가 되게 해 달라는 기도를 드리게 되었다. "저의 열정을 주님께 드리니 받아주셔서 주 뜻대로 사용해 주옵소서." 이제는 온유함을 흉내 내는 삶이 아니라 주님 앞에서 순종함으로 주님처럼 마음이 온유하고 겸손한 삶을 살아가겠다는 다짐을 하게 되었다.

성경은 주님의 마음과 성품에 대한 이야기로 가득하다. 인자, 성실, 자비, 긍휼, 겸손, 온유, 사랑, 오래 참음, 충성, 신실… 이 모든 성품은 지속적인 변화를 꿈꾸며 기도하고 실천해야 할 것들이다.

이러한 성품에 대한 말씀들을 바르게 적용하려면 본문에 나타난 하나님을 묵상해야 한다. 우리는 하나님의 형상으로 지음 받은 존재이므로 우리 형상의 원조이신 하나님을 묵상하며, 하나님의 성품에 비추어 자신을 성찰할 수 있어야 한다. 하나님의 말씀은 하나님 앞에서 자신을 비춰 보는 거울과 같다. 그러므로 하나님이 어떤 분이신지 바르게 이해하지 못한다면, 결코 하나님의 형상이 지닌 성품을 회복할 수 없다.

그런데 문제는 우리는 누구도 하나님을 볼 수 없다는 것이고, 그분이 하신 일이라는 것도 우리의 눈으로 직접 본 것이 아니다. 그러므로 우리는 하나님의 말씀과 우리가 신앙생활을 통해 경험하는 것으로 유추해낼 수밖에 없다.

나는 헬렌 켈러의 이야기를 통해 하나님을 유추하는 것에 대해 깨달았다. 그녀는 태어난 지 1년 8개월 만에 뇌막염을 앓아 시력과 청력을 잃고 말도 하지 못하는 장애를 갖게 되었다. 그녀는 감촉과 맛, 냄새만 의지해서 세상을 보고 들어야 했다. 그런데 어떻게 그녀는 볼 수도 들을 수도 없는 세상을 배우고 이해할 수 있었을까? 듣지 못하면서 말을 배우고, 보지 못하면서 읽고 쓰는 능력을 익혀 순전히 점자만을 통해 몇 개 국어를 읽을 수 있게 되었고, 사람의 생각에 관한 설득력 있는 글을 쓸 수 있었을까?

그녀는 자신의 학습에 있어서 가장 중요한 열쇠는 '유추' 였다고 한다. 가정교사였던 애니 설리번은 보고 들을 수 없었던 것과 맛, 냄새, 느낌으로 알았던 것들 사이에서 '수많은 연상과 유사성' 을 통해 유추하도록 도왔다. 헬렌 켈러처럼 우리도 하나님에 대해 눈과 귀로 보고 들을 수 없다. 우리는 하나님을 말씀을 통해 느끼고 성경 인물들의 삶과 이야기를 통해 간접적으로 만져보는 것이 전부다.

우리는 성경을 읽고 묵상하는 것을 통해 하나님을 유추한다. 성경을 통해 발견하는 하나님과 우리의 삶에서 경험하는 하나님을 묵상하는 것을 통해 하나님을 발견하게 된다. 하나님을 묵상할 때 우리는 성경에서 말씀하는 하나님의 성실, 공평, 자비, 은혜, 사랑과 같은 직접적인 언급이 있는 성품만이 아니라 문자를 통해 읽을 수 없는 하나님의 인내, 슬픔, 기쁨, 위로, 진실, 분노, 용서, 희생, 헌신, 자상함, 광대함, 열심과 같은 성품을 발견하게 되는 것이다.

우리가 묵상을 통해 하나님의 성품을 살펴보는 이유는 그분의 성품이 바로 우리가 본받아야 할 모델이기 때문이다. 하나님의 형상을 본받기 위해 오늘도 주님을 묵상하고 주님께 순종의 길로 나아간다면 분명 삶에 성령의 열매들이 맺혀질 것이다.

"오직 성령의 열매는 사랑과 희락과 화평과 오래 참음과 자비와 양선과 충성과 온유와 절제니 이같은 것을 금지할 법이 없느니라"(갈 5:22~23)

세 번째, 생각과 태도와 행동의 변화를 위한 말씀이 있다.

나는 이 적용을 "세계관의 변화가 필요한 적용"이라고 한다. 즉, 자신의 생각과 생활방식을 바꾸고, 비전을 세워나가는데 있어서 필요한 적용을 말한다. 이러한 적용은 오늘 바로 실천한다거나, 우리가 과거에 경험한 어떤 실수나 자랑에 대한 것이 아니다. 아직까지 경험하지는 못했지만 언젠가 경험하게 될 어떤 일에 대한 태도와 자세를 말한다. 이러한 적용은 세계관의 변화 없이는 불가능하다. 예로서 자녀를 양육하고 대하는 방법, 재정 사용에 대한 지혜, 건전한 부부생활, 교회에서 봉사하는 태도, 대인 관계의 기술, 직장에서 가져야 할 자세… 등. 이러한 생각의 변화는 결국 기독교 세계관을 형성하게 되고, 세상과 역사를 꿰뚫는 통찰과 안목을 가지게 만든다.

"하나님의 지혜에 있어서는 이 세상이 자기 지혜로 하나님을 알지 못하므로 하나님께서 전도의 미련한 것으로 믿는 자들을 구원하시기를 기뻐하셨도다"(고전 1:21)

이 말씀을 묵상하면서 전도에 대한 통찰과 안목을 갖게 되는 계기가 되었다. 다음은 당시 묵상하며 적었던 글이다.

"세상은 날이 가면 갈수록 변해간다. 특별히 이 변화에 있어서 이전보다 더욱 간결해지고, 분명해지는 양상으로 변화되는 것 같다. 그런데 이 시대적 조류에 역행하는 것이 있다. 그것은 십자가의 도를 전하는 전도다. 오늘날 사람들의 성향과 기호에 맞게 인터넷 전도, 사이버 전도, 영상전도, 우편전도 등 다양한 전도 방법들이 시행되고 있지만, 어느 것 하나 획기적인 효과를 거두는 것을 거의 찾아볼 수 없다. 왜 그러한 방법들이 효과가 없는 것일까? 오늘 말씀은 그 이유에 대해 전도는 미련한 것이기 때문이라고 한다. 왜 전도는 미련한 것일까? 사도 바울은 십자가의 도가 세상 사람들에게 미련한 것이라고 한다. 그래서 십자가의 도, 즉 그리스도를 전하는 수단인 전도 또한 미련하다고 말한다. 아니, 그렇다면 이 방법들을 이용해 복음을 전하고, 자신의 백성을 구원하시려는 하나님의 계획은 참으로 미련한 계획이라는 말이 되지 않는가?

전도란 제 삼자로부터 그 내용이 전달되는 것이다. 전도를 받아야 비로소 알게 되었고, 구원을 얻게 되었다는 점에서 미련한 자라는 말이다. 하나님을 아는 것, 구원을 얻는 것이 세상의 지혜, 사람의 지혜, 사람의 능력으로는 불가능하기 때문에 전도라는 방법을 썼다는 말이다. 하나님을 내가 찾고, 내가 알고, 내가 결정한 것이 아니다. 아버지께서 나를 구별했고 우리 안에 중생케 하시는 역사를 허락하신 것이다. 전도의 미련한 것으로 말이다.

그래서 아무리 시대가 바뀌고, 사람이 변하여도 전도 방법은 변할 수 없다. 사람들이 미련해서 좋은 걸로 하면, 제대로 알아듣지도 못하고, 믿지 못한다는 말이다. 그래서 발바닥이 부르트고, 체면 불구하고, 어떤 때는 너무 지쳐 힘들지만 복음을 한 사람에게라도 전해야지 하는 마음으로 달려가는 것이다. 이런 모습을 보고서 사람들은 참으로 미련하다고들 한마디씩 던진다. 그러나 사실 우리가 미련한 것이 아니다. 진짜 미련한 사람들은 바로 이 미련한 방법으로 전도해도 제대로 알아듣지 못하는 그 사람들이 더 미련한 사람들이다. 우리는 그저 그 미련한 사람들을 위해 오늘도 하는 수 없이 미련한 방법으로 복음을 전해야만 한다.

오늘부터 다시 밖에 나가 전도지를 나눠줘야겠다. 미련해 보여 쑥스럽지만 이 방법밖에 없는 걸…."

캠퍼스에서 학생들에게 복음을 전하던 시절, 전도에 대한 묵상과 생각의 변화는 나를 자리에 머물며 전도에 대한 각종 프로그램을 기획하는 일만 하고 있을 수 없도록 만들었다. 나는 자리에서 일어나 캠퍼스 돌아다니며 전도지를 나눠주고 복음을 전하는 일을 시작했다. 그리고 학생들에게 전도에 대한 창의적인 생각 너머에 우리의 지혜로 하나님의 지혜를 대신하려는 미련한 생각을 갖지 않도록 도전할 수 있었다.

나는 간혹 "기독교 세계관이 무엇이냐?"는 질문을 받는다. 그때 나는 세상을 향한 하나님의 생각이라고 말한다. 바른 기독교 세계관을 가지려면 기독교 세계관에 대한 책이 아니라 하나님의 생각을 읽어야 한다. 하나님의 생각을 읽고 깨달아야 하나님의 생각을 품을 수 있고, 하나님의 생각을 소유할 수 있다. 하나님의 생각은 곧 하나님의 말씀인 성경이다.

그러므로 성경을 읽고 묵상하는 일은 곧 세상을 향한 하나님의 뜻과 생각을 알아 바른 그리스도인의 삶을 살아가게 되는 것이다. 오늘날 한국 교회에 가장 시급하게 필요한 것이 있다면, 바로 바른 기독교 세계관을 가지고 세상 속에서 살아가는 그리스도인이 더욱 많아지는 일이다.

얼마 전부터 한국 교회는 이전보다 더 부흥을 갈망하고 있다. "부흥이여 다시 오라!"고 외치며 곳곳에서 회개와 각성을 촉구하고 성령님을 초청하고 있다. 물론 나도 간절히 부흥을 원한다. 그런데 그러한 부흥은 어떻게 오는 것일까?

세례 요한을 묵상하면서 이 시대를 향한 하나님의 생각을 읽을 수 있었다. 하나님의 생각은 나의 생각과 많이 다름을 알게 되었고, 참된 부흥은 결국 진정한 회개에서 시작됨을 깨닫게 해 주셨다.

"무리가 물어 이르되 그러면 우리가 무엇을 하리이까 대답하여 이르되 옷 두 벌 있는 자는 옷 없는 자에게 나눠 줄 것이요 먹을 것이 있는 자도 그렇게 할 것이니라 하고 세리들도 세례를 받고자 하여 와서 이르되 선생이여 우리는 무엇을 하리이까 하매 이르되 부과된 것 외에는 거두지 말라 하고 군인들도 물어 이르되 우리는 무엇을 하리이까 하매 이르되 사람에게서 강탈하지 말며 거짓으로 고발하지 말고 받는 급료를 족한 줄로 알라 하니라"(눅 3:10~14)

회개의 세례를 베푸는 요한에게 찾아온 사람들은 "무엇을 하리이까?"라고 물었다. 그들이 알고 싶었던 것은 회개에 합당한 삶의 열매가 무엇인지 물었던 것이다. 요한은 그들의 질문에 나눔과 정직과 자족의 삶을 살 것을 당부했다.

나는 세례 요한의 메시지를 묵상하면서 오늘날 한국 교회가 세상으로부터 듣고 있는 비난의 소리가 바로 이 세 가지라는 생각이 들었다. 한국 교회를 향해 세상은 "왜 나누지 않는가? 왜 정직하지 않는가? 왜 자족함을 모르는가?"라고 물으며, 그러한 삶을 보여줄 것을 도전하는 것처럼 여겨졌다.

나눔과 정직과 자족은 예수님께서 산상수훈에서 그를 따르기 원하는 제자들에게 주셨던 메시지이기도 하다. 그때 나는 이 시대를 향한 하나님의 생각을 느꼈다. 진정한 부흥은 나눔과 정직과 자족의 삶을 살아가기 위해 기꺼이 자신의 삶을 돌이키는 회개 없이는 결코 일어나지 않을 것임을 깨달을 수 있었다. 그러한 깨달음은 나의 삶에서 나눔과 정직과 자족의 모습에 대한 성찰과 반성의 시간으로 이끌었다. 그리고 앞으로 나의 삶과 목회를 통해 나눔과 정직과 자족의 삶을 실천해야겠다고 다짐했다.

생각과 태도와 행동은 한순간에 바뀌지 않는다. 때로 오랜 시간과 노력이 필요하다. 그러나 지속적으로 하나님의 말씀을 소리 내어 읽고 묵상하면서 하나님과 세상의 소리에 귀를 기울이는 사람에게는 그 길이 그렇게 멀지는 않을 것이다. 왜냐하면 우리 안에 계신 성령께서 우리의 마음과 생각을 영의 생각으로 변화시켜 주님의 길을 걷도록 인도하실 것을 믿기 때문이다.

§ 천천히 그리고 우직하게

나는 말씀을 묵상하면서 깨달은 말씀을 적용할 때 앞에서 설명한 세 가지 범주로 나누어 본다. 생각과 가치관의 변화가 필요한 적용인지, 주님의 마음을 본받아 온전한 그리스도인의 삶을 살아가기 위한 성품의 변화가 필요한 적용인지, 정말 오늘 주님께서 당장 실행하고 적용하라는 말씀인지 살펴본 후에 주님께 기도한다. 이렇게 적용을 살피며 기도하다 보면 회개가 일어나고, 감사의 찬송이 나오기도 하고, 때로는 굳은 결심을 하기도 한다.

그런데 이러한 적용도 매일 말씀을 비벼먹다 보면 저절로 터득하게 되는 것 같다. 적용이라는 형식에 지나치게 얽매여, 오늘 어떤 말씀을 적용했느냐에 매달리지 말았으면 좋겠다. 시간이 지나면 어느새 습관이 되어 있는 것을 보게 되기 때문이다. 습관은 지속과 반복에서 나온다. 날마다 하나님의 말씀이라는 거울 앞에 자신의 삶을 비춰보기만 해도 어느새 조금씩 변해가고 있는 자신을 발견하게 될 것이다. 그리고 자신도 모르게 본능적으로 성경적인 생각과 행동과 성품이 튀어나오게 될 것이다. 이것이 바로 한국인의 적용법이다.

1. 오늘 실천해야 할 적용
2. 지속적인 성품의 변화를 위한 적용
3. 생각과 태도의 변화를 위한 적용

* * *

"복 있는 사람은 악인들의 꾀를 따르지 아니하며 죄인들의 길에 서지 아니하며 오만한 자들의 자리에 앉지 아니하고 오직 여호와의 율법을 즐거워하여 그의 율법을 주야로 묵상하는도다 그는 시냇가에 심은 나무가 철을 따라 열매를 맺으며 그 잎사귀가 마르지 아니함 같으니 그가 하는 모든 일이 다 형통하리로다 악인들은 그렇지 아니함이여 오직 바람에 나는 겨와 같도다 그러므로 악인들은 심판을 견디지 못하며 죄인들이 의인들의 모임에 들지 못하리로다 무릇 의인들의 길은 여호와께서 인정하시나 악인들의 길은 망하리로다"(시 1:1~6)

* * *

강조하며 반복해서 읽은 단어나 구절은 무엇인가?
그것에 대해 당신이 이해하고 깨달은 것은 무엇인가?

당신이 깨달은 것은 세 가지 적용(오늘 실천해야 할 적용,
성품의 변화를 위한 적용,
생각과 태도의 변화가 필요한 적용) 중 어디에 해당되는가?

3부

QT,
이제는 멈추지 말자

8. 때를 따라 매일 먹자

§ 한국인은 때가 있다

아침 일찍 나와서 아무도 없는 교실, 강의실, 사무실에 혼자 있는 것이 참 좋다. 그래서 학창 시절부터 목사로 사역하는 지금까지 대체로 일찍 등교하고 출근하는 편이다. 처음 QT를 배운 이래 다양한 시간에 묵상을 해봤다. 그런데 나에게 가장 알맞은 시간은 아침 아무도 없는 그때다.

새벽에 평소보다 일찍 일어나기도 하고, 모든 일과를 마친 저녁에 묵상하기도 해보았지만, 나에게 가장 좋은 때는 일찍 나와서 혼자 책상에 앉아있는 그때이다.

대학 시절 집에서 학교까지 가는데 버스로 40분 정도의 시간이 걸렸다. 그래서 버스를 타면 자리를 찾아 습관적으로 뒷자리에 가곤했다. 뒷자리에 앉아 있으면 마음이 편하고 집중이 잘 되기 때문이다. 그래서 주로 성경을 읽고 묵상하곤 했다. 버스 뒷자리는 분명 주님이 사람들을 물리고 따로 하나님과 교제하셨던 바로 그 한적한 곳처럼 나만의 한적한 곳이었다.

대학 시절의 그 추억과 습관 때문인지 지금도 버스나 지하철을 탈 때면 나도 모르게 성경이나 책을 펼쳐 읽고 가만히 묵상에 잠기곤 한다. 얼마 전에 1시간 20분 정도 지하철로 목적지까지 이동해야 되었던 때가 있었다. 그때 오랜만에 대학 시절의 추억을 떠올리며 자리에 책을 읽고 묵상하는 즐거운 한 때를 보냈다.

그래서 QT학교에 참석하는 분들에게 이렇게 묻기를 좋아한다.

"하루 중 묵상하기 좋은 때는 언제입니까?"

"어디에 있을 때 묵상이 잘 됩니까?"

우리의 정서 속에는 시간이나 장소에 대해 분명한 규정이나 구분을 하지 않는 경우가 많다. 가령 약속을 정할 때도 "내일 이맘 때, 그때 거기"에서 만나자고 한다. 시간과 장소에 대한 공통적인 "때"가 있다. 우리나라 사람은 시간을 의미(때)로 본다.

한국인과 같은 동양의 시간개념에 대해 서양 사람들은 좀처럼 잘 이해하지 못한다. 그래서 생겨난 말이 "코리안 타임"이다. 코리안 타임은 약속시간에 매번 늦는 한국 사람을 두고 서양 사람들이 지어낸 말이다. 그렇다고 서양 사람들은 약속을 모두 잘 지키느냐면 그것도 아니다. 그들도 약속 시간에 늦곤 한다. 물론 우리나라 사람 중에는 약속시간을 정확히 지키는 사람도 굉장히 많다.

코리안 타임은 경제가 급성장하면서 파생된 부작용이다. 시간을 잘 맞춰 기계적으로 삶을 조직하는 근대 산업사회로 변화되는 과정에서 생겨난 현상에 불과하다. 제품은 시간에 맞춰 정확한 공정에 따라 만들어져야 하지만, 관계는 시간이 아니라 때를 따라 깊어진다. 서구화라는 이름으로 그동안 잃어버린 것 중에 하나가 바로 '때' 라는 시간관념이다.

우리가 사용하는 '때' 라는 관념은 한국 사람만의 것은 아니다. 시간을 '때' 로 보는 것은 성경에도 나타나고 있다. 예수님은 항상 자신의 '때'에 대해서 말씀하셨다. 그 '때' 가 이르지 못했고, 그 '때' 가 되었다고 하셨다(마 26:18, 45, 막 1:15, 막 14:41, 요 4:23). 예수님은 기도하러 가시는데도 반드시 '때' 를 지키셨다. 예수님은 시간을 지켜 하나님과 교제한 것이 아니라, '때' 를 지켜 기도로 하나님과 교제하셨다(마 14:23, 막 1:35, 눅 5:16). 예수님은 사람들에게 깊은 하나님의 진리를 가르치시고 난 후 사람들을 돌려보내시고 혼자 계실 '때' 하나님과 기도하셨다.

'때' 라는 말 속에는 시간과 장소가 포함되어 있다. 하루 24시간 중에 특별한 순간을 때라고 한다. 우리는 하루 동안 여러 곳을 돌아다니게 된다. 그렇게 머무는 장소 중에 특별한 의미가 있는 곳에 있을 때가 있다. 그러므로 시간과 장소를 구분하기보다 때를 구분하는 것이 더 필요하다.

학자들은 오늘의 사회를 진단하면서 포스트모던, 즉 탈근대화 사회를 살아간다고 한다. 기계처럼 오전 6시 출근해서 오후 5시면 퇴근하는 근대적 생활에서 출퇴근 시간이 자유롭고, 다양한 직업으로 인해 근무환경과 시간이 다양하게 변화하고 있다. 실제로 학원에서 일하는 강사들은 새벽까지 일한 뒤, 아침이 여유로운 사람들이다. 어떤 분은 새벽 3시에 출근해서 오후 1시면 일을 마치고 퇴근한다고 한다. 어떤 공장은 24시간 기계를 가동하기 위해 3교대로 근무하기도 한다. 이러한 사람들에게 '새벽 오히려 미명' (막 1:35)에 성경을 묵상하라고 한다는 것은 시대착오적이 될 수밖에 없다.

오늘날은 분명 획일화되고 구획화할 수 없는 다양성의 시대이다. 이런 다양성의 시대는 사회가 근대화되기 이전의 모습이기도 하다. 농사를 짓고, 가축을 키우는 일은 분명 시간으로 되는 것이 아니라 '때'를 따라 해야 하는 일이다.

하나님의 말씀을 묵상하고 그분의 음성을 듣는 일은 시간의 문제가 아니라 때의 문제다.

"하나님이 모든 것을 지으시되 때를 따라 아름답게 하셨고 또 사람들에게는 영원을 사모하는 마음을 주셨느니라 그러나 하나님이 하시는 일의 시종을 사람으로 측량할 수 없게 하셨도다"(전 3:11)

"그러므로 우리는 궁휼하심을 받고 때를 따라 돕는 은혜를 얻기 위하여 은혜의 보좌 앞에 담대히 나아갈 것이니라"(히 4:16)

우리는 때를 따라 돕는 은혜를 얻기 위해 때를 따라 은혜의 보좌 앞에 나아가야 한다. 그리고 주님의 때에 주시는 때맞은 은혜를 누려야 한다.

§때를 따라 묵상하기

지속적인 QT를 하지 못하는 이유도 바로 이 '때'가 문제다. 많은 사람이 QT하기로 결심을 하지만, '작심삼일'의 난관을 극복하지 못한 채 QT에 대한 실패의 경험을 하나 더 채워가고 있다. 왜 많은 사람이 '작심삼일'에 넘어지는 것일까? 그것은 '때'를 정하는데 있어서 시간의 개념으로 정하고 있기 때문이다.

사람들은 QT를 결심하면서 시간을 정한다. 대체로 30분 빨리 일어나서 하겠다고 하지만, 30분 빨리 일어나기 위해서 얼마나 많은 노력과 생활의 변화를 가져와야 하는지를 간과한다. 30분 빨리 일어나기 위해서는 30분 일찍 잠들어야 하고, 30분 일찍 잠들기 위해서는 저녁에 하던 일도 조정이 필요하다. 그리고 30분 일찍 잠드는 습관을 만드는데도 여러 날이 걸린다. 이러한 생활의 변화를 시도하지 않은 채 30분 빨리 일어나서 QT를 한다는 것은 스스로 QT에 대한 실패를 자초하는 것이 된다.

그러면 왜 사람들은 30분 빨리 일어나서 QT하려고 할까? 그것은 방해받지 않는 시간을 찾다보니까 도저히 자신의 삶에서 30분이라는 시간을 비워둘 만한 공간이 보이지 않기 때문이다. 이것은 시간의 문제가 아니라 때의 문제다.

"나는 30분 빨리 회사에 출근해서 QT하는 것이 참 좋다."

언젠가 대학 선배로부터 QT로 하루를 어떻게 시작하는지 들었던 적이 있다. 그는 출근해서 다른 동료들이 오기 전에 말씀묵상을 통해 그날 주시는 말씀에 귀를 기울인다. 말씀묵상이 끝나면 하루 일과를 메모지에 적은 후, 각 업무들에 대한 우선순위를 정한다. 그렇게 순서가 정해지고 나면 그때 말씀묵상한 내용을 다시 돌아보면서 기도하는 시간을 갖는다.

그는 말씀묵상을 빼먹지 않기 위해 다양한 시도를 해 보았지만, 자신이 발견한 가장 한적한 때는 바로 아침에 출근해서 보내는 그 시간이었다고 했다. 평소 회사에 남들보다 일찍 출근하는 편이었기 때문에 굳이 노력을 더 들일 필요가 없었다. 말씀과 하루 일과에 대한 묵상을 함께 하면서 업무의 효율이 늘었다고 했다. 이전 같았으면 일찍 출근해서 커피 한 잔 하면서 동료들이 출근하기까지 시간을 죽이고 있었을 것이다. 그러나 그는 그동안 죽였던 시간을 하나님과 즐거운 만남의 시간으로 바꿔놓았다.

QT학교에 참석하는 주부들을 대상으로 하루 중 언제가 가장 한적한 시간이냐고 물었던 적이 있다. 상당히 많은 분들의 대답은 아이들과 남편을 출근시키고 난 뒤라고 했다. 일찍 일어나 밥을 하고, 이런저런 사소한 것을 챙기느라 정신없이 보내고 난 뒤, 혼자 있는 그 시간 말이다. 어떤 때는 그 시간이 너무 적막하게 느껴지기까지 한다고 말하는 분도 있었다. 그 시간에 가장 유혹이 되는 것이 있는데, 드라마 보기와 달콤한 잠이란다. 그때가 바로 주님과 한적하게 만날 수 있는 때이다.

학생들 중에는 하루 바쁜 일과를 모두 마치고 잠들기 전에 하루를 정리하면서 하나님의 말씀을 묵상하기도 한다. 말씀 앞에서 자신을 돌아보고 내일을 계획하는 시간을 갖고 기도한다. 저녁 아무도 방해하지 않는 그때가 바로 주님과 깊이 만나는 시간이 될 수 있다.

언젠가 직장 신우회를 방문한 적이 있었다. 직장 신우회 멤버들 중 몇몇은 매일 점심식사 후 조용한 회의실에서 함께 모여 말씀을 묵상하고 그 내용을 나누고 있다고 했다. 그들에게 있어서 한적한 때는 점심식사 후 바로 그때였다.

우리가 보내는 하루를 가만히 돌아보면, 2,30분 정도의 때가 있다는 사실을 발견하게 된다. 그 시간은 하루 중 여러 번 찾아온다. 누구에게도 방해 받지 않고, 조용히 쉬면서 멍하게 보낼 수 있는 그때가 바로 하나님을 만나 그분의 음성을 듣기 위해 하나님이 준비해 두신 때이다. 가령, 아침에 남편과 아이들을 모두 보내고 난 그때, 직장에 출근해서 자리에 앉았을 때, 지하철이나 버스 안에서 졸고 있을 때, 점심식사 후 커피 한 잔하며 컴퓨터 앞에 있을 때, 저녁에 집으로 돌아와서 TV 앞에 있을 때… 등.

그러므로 말씀묵상을 위해 시간을 찾지 말고 때를 찾아야 한다. 시간을 찾으면 아무리 찾아도 없다. 그런데 때는 있다. 그때를 잘 활용하면 얼마든지 깊은 묵상과 주님과의 친밀한 교제를 가질 수 있다.

§잘 안 될 때도 있다

다윗은 사울의 추격을 피해 도망치고 있었다. 그가 그 과정에서 가장 먼저 찾았던 곳은 하나님이 계시는 성소였다. 다윗은 하나님의 성소에서 지금까지 인도하신 하나님, 앞으로 그의 인생 여정 가운데서 어떻게 인도하실지, 그리고 그가 어떤 삶을 살아야 할지에 대해 물었다. 이렇게 길을 묻는 다윗에게 하나님은 예기치 않은 은혜를 주셨다. 하나님께서 예비해 두신 뜻밖의 선물인 하나님의 떡과 칼이었다. 그의 생명을 지속시켜주고, 그의 생명을 풍성하게 만들어 줄 하나님의 말씀인 떡을 얻었다. 그리고 그의 생명을 보호하고 세상 속에서 대적들과 맞서 담대히 싸워 승리할 수 있는 하나님의 말씀인 칼을 또한 얻었다(삼상 21:3~9).

하나님의 말씀을 묵상할 때 우리는 하나님의 뜻을 구하고, 인생을 향한 길을 찾게 된다. 인생을 향한 길과 뜻을 찾기 위해 말씀을 펼쳐들고 묵상하는 그리스도인에게 하나님은 다윗처럼 예상치 못한 은혜를 베푸실 것이다. 하나님의 떡이요, 하나님의 칼인 성경말씀을 통해 주시는 지혜와 계시의 말씀을 얻게 된다.

그리스도인이라면 누구나 하나님의 말씀을 먹기 원하고 세상에서 승리하기 위한 강력한 칼을 갖기 원한다. 그런데 정작 음식과 칼이 있는 묵상의 자리에 나아오길 꺼린다. 오히려 다른 곳을 기웃거리고 자신의 생각과 방법을 찾아 헤매기도 한다. 왜 다윗처럼 그렇게 주님이 계신 곳으로 가장 먼저 달려가지 못하는 것일까? 아마도 습관의 문제일 것이다. 그래서 사도 바울은 경건에 이르는 훈련을 강조했다(딤전 4:7). 습관이 생겨야 한다. 습관에는 관성의 법칙이 작용하고 있다. 어떤 일로 며칠 말씀묵상을 하지 못하더라도 습관이 되어있는 사람은 관성의 법칙을 따라 자동으로 말씀의 자리로 돌아오게 마련이다. 또한 습관은 제2의 본능이다. 습관이 길러진 사람은 본능처럼 조건 반사가 일어난다. 그래서 위기의 순간이 오면 자동으로 하나님의 말씀 앞으로 나아오는 반응을 보이게 된다. 그러므로 습관을 형성하는 것은 아무리 강조해도 지나치지 않다.

오늘날 사람들은 자신의 절실한 필요를 채우기 위해 노력을 기울인다. 그들은 상담가를 찾아가고 관련된 책을 읽는다. 성경의 약속을 주장하고 자기 훈련을 한다. 때로는 그리스도인 친구에게 털어놓기도 한다. 단호함이나 굴복 내지는 자기 부인이나 적극적 사고방식 등을 실천해 보기도 한다. 그러나 그들의 필요는 여전히 채워지지 않는다.

그들의 필요는 다윗처럼 하나님께 달려갈 때 채워질 수 있다. 그러므로 지속 반복해서 하나님의 떡과 칼을 얻는 삶을 훈련해야 한다. 나는 지금까지 하나님께 달려가 다윗처럼 하나님의 떡과 칼을 얻는 삶을 훈련하는 가장 좋은 방법을 소개했다. 그것은 바로 날마다 때를 따라 묵상하는 것이다. 그러므로 말씀을 묵상하는 습관을 만들어야 한다. 때를 따라 돕는 은혜를 얻기 위하여 말씀묵상하는 때를 갖는 습관을 길러야 한다.

그런데 문제는 습관을 기르는 일이 좀처럼 쉽지 않다는 것이다. 습관을 기르기 위해 최선을 다해보지만, 습관을 만들기가 좀처럼 쉽지 않다.

나도 수많은 실패와 좌절을 경험하고 있다.

「역동적 경건의 시간」이라는 책의 저자이면서 유명한 QT 강사인 스티븐 에어는 그의 화려한 경력에도 불구하고 지난 몇 개월간 말씀묵상을 하지 않으면서 강의했었다고 고백한 적이 있다. 나는 그의 고백을 들으면서 나의 현실을 보는 듯 했다. 그리고 나는 그동안 가져왔던 경건의 시간에 대해 다시 생각하는 계기가 되었다.

신앙생활 가운데 어떤 기간에는 성령의 역사가 "굳게 결심한 경건의 시간"으로 표현될 수 있다. 대체로 QT에 대한 강의나 도전을 받았거나, 새해를 맞이하면서 다짐을 하는 경우, 중대한 결정을 앞두고 하나님의 뜻을 발견하기 위해 굳게 결심하고 어떻게 해서라도 경건의 시간을 가지려는 때도 있다. 이때는 매일의 일상적인 일을 접어 두고서라도 가장 우선적으로 경건의 시간을 규칙적으로 훈련해야 한다.

어떤 경우는 성경말씀에 대한 갈급함으로 인해, "연구 중심의 경건의 시간"을 보낼 때도 있다. 대학 시절 성경 이야기가 참 재미있게 다가왔던 적이 있다. 그때 성경을 구체적으로 공부하고 싶은 마음에 경건의 시간을 성경연구 시간으로 활용했다. 여러 번역 성경을 살펴보고, 사전을 찾아보고, 각종 비교, 대조되는 구문을 분석하면서 연구했다. 그 시절 성경연구에 대한 훈련 덕분에 성경을 잘 해석하는 능력을 기를 수 있었다. 그리고 성경의 지식과 교훈에 대해 많은 해석을 얻는 유익을 얻었다. 하지만 묵상을 통해 누리는 주님의 세미한 음성을 듣는 데는 어려움이 있었다.

연구 중심의 경건의 시간을 가지려면 상당한 시간이 필요하다. 적어도 두세 시간 정도 소요되는데 그렇게 많은 시간을 매일 할애한다는 것은 특별한 때에나 가능하다.

인생의 여정을 거치면서 주님에 대한 인식이 위험 수위에 이르러 마음이 메마른 것 같은 시기가 올 때가 있다. 마치 사막에 있는 것처럼 "사막과 같은 경건의 시간"을 갖기도 한다. 실제로 QT를 하다 보면 사막처럼 무미건조하고 습관과 부담 때문에 형식적인 경건의 시간을 가질 때가 있다. 성경을 읽어도 별 느낌이 없고, 심지어는 감동적인 글을 읽어도 느낌이 없을 때가 있다. 이러한 경험이 며칠 지속되다 보면 결국 QT를 멈추게 된다.

다른 한편, 경건의 시간에서 기쁨이 솟아오르고 헌신의 마음이 달아오르는 것을 발견할 때도 있다. 그때 "헌신적인 경건의 시간"을 통해 하나님과의 정서적 친밀함이 더욱 깊어지는 것을 경험한다. 하지만 그런 일은 좀처럼 일어나지 않는다. 오히려 삶에서 가장 많이 경험하는 것은 주님과 함께하는 시간을 즐기고 있을 때마다 마치 등에 고무줄이 매달려 있어서 뒤로 잡아당기는 것 같은 "불규칙적인 경건의 시간"이다.

말씀을 묵상하는 그리스도인들 중 상당수는 아마도 불규칙적인 경건의 시간으로 인해 스스로 힘들어하고 있다. 사실 이 글을 쓰고 있는 나도 온전히 자유롭지 못하다. 오랜 시간 자신을 성찰하는 가운데 깨닫게 되었다. 이것도 때의 문제다.

물론 QT가 잘 될 때가 있고, 잘 안 될 때도 있다. 누구에게나 깊은 묵상에까지 이르는 QT를 경험했던 때가 있다. 반대로 성경을 읽어도 무슨 말인지 도대체 들리지 않는 때도 있다. 성경을 읽는데 있어서 잘 읽어질 때가 있고, 읽어도 쓸데없는 생각과 상념에 사로잡혀 있을 때가 있다. 어떤 때는 하나님의 말씀이 귀에 잘 들어오고, 어떤 때는 하나님의 말씀을 듣기 싫을 때가 있다. 이것은 시간으로 설명할 수 없는 '때' 의 문제다. 그러므로 불규칙적인 경건의 시간으로부터 벗어나 헌신적인 경건의 시간으로 나아가기 위해서는 때를 잘 살펴야 한다.

삶에서 QT가 잘 되었던 때와 잘 되지 않았던 때를 살펴보면 지속적인 QT를 하기 위한 방법을 찾을 수 있다. 지금 가만히 생각해 보면 QT가 잘 되고, 지속적이고 헌신적인 묵상을 할 수 있었던 때는 특별한 영적인 감동을 받았던 때였다. 송구영신 예배, 부흥회에 참석하여 은혜 받은 후, 개인이나 가족에게 특별한 일이 있었을 때, 제자훈련에 참가하고 있을 때 등등. 대체로 QT가 잘 되었던 때는 영적인 상태와 연관이 있다는 것을 알 수 있다. 영적으로 민감하고, 하나님을 찾고 싶은 마음이 뜨거울 때 QT를 빼먹지 않고 지속적으로 하게 되는 것이다.

그렇다면 QT가 잘 되지 않을 때는 언제일까? 대체로 영적인 감동이나, 자극이 없을 때이다. 그러므로 작심삼일의 QT를 넘어서는 방법은 스스로에게 영적인 자극을 주는 것이다. 가령, 심야기도회 참가하기, 소그룹에서 말씀 나누기, 각종 양육훈련에 참가하기와 같은 타인의 도움을 받는 방법과 찬양을 뜨겁게 반복해서 부르기, 좋은 묵상글을 찾아 읽기, 방송에서 설교를 듣기와 같은 개인적인 방법이 있다.

§ 때로는 다른 묵상도 필요하다

말씀묵상이 잘 안 될 때면 개인 블로그에 가서 예전에 한참 열을 올리며 적었던 일기와 독서 중 감동적인 글들을 다시 읽곤 한다. 그러면 예전의 그 열정이 다시 살아나는 것 같다. 그래서 그 열정으로 다시 말씀묵상의 자리로 돌아오곤 한다. 글을 쓰고 있는 지금, 나는 블로그에 있는 지난 이야기를 읽고 있다.

> "예수 사랑하심은 거룩하신 말일세
>
> 우리들은 약하나 예수 권세 많도다
>
> 날 사랑하심 날 사랑하심
>
> 날 사랑하심 성경에 써 있네"

우리 집에서 시은이와 아내가 가장 많이 부르는 노래다. 시은이는 아직까지 동요나 가요 하나 제대로 부르지 못한다. 이제 여섯 살이 된 시은이가 아는 노래는 '예수 사랑하심은' 찬송과 '당신은 사랑받기 위해' 라는 축복송이다.

그 중에서도 '예수 사랑하심은' 찬송은 그 내력이 깊다. 아마도 내 기억에는 시은이가 갓난 애기일 때부터 자장가로 불러주었던 것 같다. 시은이가 처음 말을 열기 시작하면서 흥얼거렸던 노래도 그 노래였다. 물론 가사와 음정은 전혀 맞지 않았지만… 시은이가 할머니 댁에 가서 사촌들의 틈바구니에서 기죽지 않고 불렀던 노래이기도 하다. 게다가 엄마랑 1월의 세찬 바닷바람을 맞으며 두 시간 동안 길을 걸어가며 불렀던 행진곡도 그 노래다. 얼마 전 발톱이 살을 파고들어 병원에 가서 발톱을 자르려 할 때 무서워 벌벌 떨면서 신음하듯 "예쑤 싸랑하씨믄 꺼룩하신…"하며 소리 지를 때도 그 노래였다.

요즘 나도 어느새 시은이에게 감염이 된 것 같다. 나도 모르게 "예수 사랑하심은~ 날 사랑하심~"하면서 흥얼거리고 있으니 말이다. "예수님이 날 사랑하신다. 예수님이 날 사랑하신다.” 그것은 너무나도 거룩하고 복된 진리의 말씀이다. 그분의 그 사랑을 성경이 보증한다는 노래의 가사는 너무나도 단순하다. 아니 우리를 무의식 가운데 세뇌시키고 있는 듯하다.

“예수님이 날 사랑하신다.”

찬송은 때로 식었던 묵상의 열정을 다시 솟구치게 만드는 힘이 있는 것 같다. 그래서 묵상이 잘 안될 때면 찬송을 부르며 그 가사를 묵상하곤 한다.

말씀묵상이 잘 안될 때는 과감하게 메뉴를 바꿔볼 필요가 있다. 때로는 뜨거운 국물에 면을 살짝 데친 다음 잘 익은 열무김치에 고추장을 넣고 오른쪽으로 비비고 왼쪽으로 비벼먹으면 그만한 별미가 따로 없다. 개인적인 생각이지만 잃어버린 밥맛을 되살리기에는 비빔국수가 최고라고 생각한다. 그렇지만 매일 비빔국수를 먹고 살 순 없다. 그래서 별미인 것이다.

그처럼 묵상 시간의 별미 중 최고는 찬송을 통한 묵상이다. 찬송을 부르고, 가사를 묵상할 때 그 깊은 뜻이 한순간에 심령 깊숙이 파고드는 것을 경험하게 된다. 지금 만약 메마른 묵상 시간으로 고민하고 있다면, 눈을 감고 조용히 기다려보라, 그러면 내면에서 울려오는 찬양이 있을 것이다. 그 찬양을 조용히 불러보라, 점점 찬양 속으로 자신을 내 던져보라, 그러면 어느새 찬양 가운데 계시는 주님을 만나게 될 것이다.

§ 나눌 때 더 풍성해 진다

　나는 QT 나눔 시간이 참 부담스러웠던 적이 있다. QT를 하지 않았을 때는 나눌 것이 없어서 부담스럽고, QT를 열심히 했을 때는 다른 사람이 나누는 것을 들으면서 내가 잘못 깨달았다는 생각 때문에 힘들었다. 그 당시 나는 QT 나눔에 대한 다음 두 가지 생각을 알지 못했다.

　생각 1. 남들이 보지 못한 것을 내가 볼 수 있다.
　생각 2. 내가 보지 못한 것을 남들이 볼 수 있다.

　너무 쉽고 당연한 이야기지만 정작 이 사실을 깨닫는 데는 오랜 시간이 걸렸다. 나는 본문에서 말하고자 하는 핵심이 있다고 생각했다. 그 핵심은 오직 하나라는 생각을 가지고 있었기에 그 핵심에서 벗어나거나, 다른 묵상과 적용이 나오면 그들의 묵상을 받아들이려 하지 않았다. 반대로 다른 사람이 그 핵심을 분명하게 짚어낼 때 나는 그에게 전적으로 동감하고 그의 묵상을 기꺼이 받아들이곤 했다. 물론 그 핵심을 발견하지 못한 것에 대해 스스로 자책하면서 말이다.

　깨달음을 주시는 성령님이 반드시 모든 사람에게 동일한 깨달음을 주시지 않는다. 사람마다 각자 처한 삶의 환경이 다르기 때문이다. 나와 다른 사람의 환경 가운데 주시는 주님의 음성을 우리는 나눔을 통해 들을 수 있다. 그것은 틀린 것도 아니고, 더 좋은 것도 아니다. 각 사람에게 베풀어 주시는 하나님의 은혜이다.

　그래서 우리는 남들이 보지 못한 것을 내가 볼 수 있고, 내가 보지 못한 것을 남들이 볼 수 있다는 생각을 놓쳐서는 안 된다. 이 생각을 전제로 서로 함께 나눌 때 우리는 뜻밖의 주님의 음성을 듣게 된다.

얼마 전 QT학교에서 '수고하고 무거운 짐'에 대한 묵상을 나누다가 내가 생각지 못한 나눔을 하는 참석자를 만났다. 그는 멍에에 대해 깨달은 것을 나누었는데, 두 마리 소가 한 멍에를 메고 밭을 간다고 했다. 그래서 멍에가 쉽고 가벼워진다는 것이다. 이에 대해 전에 비슷한 말을 들은 적이 있었지만, 그날처럼 그 사실이 의미 있게 다가오지는 않았다.

묵상은 하나님과 혼자 만나는 시간이지만, 나눔은 우리 가운데 계신 하나님을 만나는 풍성한 시간이다. 그러므로 서로의 삶에 주시는 깨달음을 함께 나누는 것은 더욱 깊은 말씀묵상으로 인도할 뿐만 아니라 지속적인 QT를 하도록 이끄는 특별한 때가 된다.

§ 뜻밖의 깨달음이 있는 때도 있다

마이클 프로스트는 기독교 신앙은 그 전신인 유대교와 같이 "시기적 절함(timeleness)"의 종교라고 한다. 히브리인들은 창조 세계에서 하나님을 볼 뿐 아니라 역사 가운데서도 하나님의 손길을 발견했던 민족이었다. 그들은 하나님이 역사상 시공간 속에서 자신을 계시하시는 분으로 믿었다. 그들이 믿었던 하나님이 그런 분이었다면 우리는 공간에서뿐 아니라 시간 속에서도 그분을 발견할 준비가 되어야 한다.

우리에게는 전혀 예상치 못한 때에 뜻밖의 깨달음이 찾아온다. 그때가 뜻밖의 만남, 즉 기쁘고 예기치 못한 것을 우연히 발견하는 때이다. 그러한 예기치 못한 은혜는 다양한 곳에서 뜻밖의 방법으로 만나게 된다.

나는 왜 멋진 인생을 살아가는 사람을 보면 눈물이 날까? 얼마 전 일찍 집에 들어와 오랜만에 TV를 보고 있었다. 현장 다큐멘터리가 눈과 귀를 사로잡았다. 총각마을 이장, 사랑반 아이들의 기도, 모두들 자신이 지금 처한 자리를 사명으로 알고, 환경과 상황에 굴하지 않고, 오히려 만들어가는 모습이 참 멋지고 아름다워 보였다.

특히 특수학급 교사로 일하던 선생님이 갑자기 급성백혈병으로 생사의 귀로에 있다가 세상을 떠난 이야기는 물끄러미 TV를 쳐다보던 나의 가슴을 그냥 내버려두지 않았다.

참 멋진 선생님이었다. 중환자실에서 사경을 헤매는 선생님을 위해 남편과 시어머니가 면회 와서 하나님께 기도하는 모습을 보면서, '아! 그리스도인이었구나. 그래 우리가 살아가려는 모습이 바로 저 선생님과 같은 삶이겠구나' 하는 생각이 들었다. 그 선생님의 삶은 참으로 멋졌다.

장애아동들을 위해서 자신의 자리에서 최선을 다하는 모습, 학부모와 동료 일반 선생님들, 비장애아동들에게 최선을 다해 자신이 맡은 아이들을 사랑했던 선생님이었다. 장애아동들에게 험한 세상 가운데 친구가 되어주려고 힘쓰셨던 분이었다.

동생이 특수학교 교사라서 남다른 생각이 들기도 했다. 여선생님의 모습을 보면서 그리스도인은 바로 그런 삶을 살아야한다는 생각이 들었다. 하나님은 우리를 세상 가운데서 부르셔서, 세상 가운데로 보내신다. 바로 그 여선생님처럼 세상 가운데서 자신의 일에 최선을 다하며 살아가라고 말이다. 우리는 각자의 세상으로 보냄을 받았다. 내가 속한 그 세상 가운데서 특별한 사람이 되어야 한다. 최고의 사람이 아니라 최선을 다하는, 그래서 전문가라고 칭함 받을 수 있는 사람이 되어야 한다.

우연히 시청한 한 편의 다큐멘터리가 세상 속의 그리스도인의 삶에 대해 묵상하도록 이끌었다. 때를 따라 묵상한다는 것은 흐르는 일상의 시간 속에서 이목집중(耳目執中)하게 만드는 때를 말한다. 운전을 하다 길가에 늘어 서 있는 가로수를 바라보며 창조주 하나님의 솜씨에 감탄하게 되는 때, 우연히 이카루스의 「추락」이란 그림을 감상하다가 물에 빠져 허우적대는 자신의 모습을 발견하게 되었을 때, 무심코 라디오 방송에서 들려오는 음악을 듣다가 "내가 사랑했던 모든 것 내려놓고"라는 가사 한 소절에 귀가 열리는 때가 있다. 이때를 놓치지 않고 눈과 귀를 집중할 때 세미한 주님의 음성을 듣게 된다.

때를 따라 묵상한다는 것은 뜻밖의 장소에서, 뜻밖의 시간에 주님을 만나는 기쁨을 누리는 것이다. 언젠가 성령수양회에서 성령에 대해 강의한 적이 있다. 성령에 대한 강의, 스스로 가장 약하다고 생각하는 부분이면서도, 가장 많이 공부했다고 자처했던 부분이었다. 기대 반, 걱정 반으로 강의를 마쳤다. 강의를 마치고 난 뒤 나는 끝없는 자존감의 상실을 경험했다.

그냥 하염없이 떨어지는 나의 자존감, 그저 그렇게 추락할 수밖에 없었다. 추락했던 자존감, 그것은 오직 나의 쓸데없는 생각이었음을 책을 읽다가 발견했다. 브레넌 메닝은 우리 삶의 최대의 덫은 성공이나 인기나 권력이 아니라 자기거부라고 한다. 물론 성공과 인기와 권력도 큰 유혹이 될 수 있지만, 그 유혹의 힘은 자기거부라는 훨씬 큰 유혹의 일부이다. 자기거부는 영적인 삶의 최대의 적이다. 나는 그의 이야기를 읽었을 때 다시 힘을 얻고 묵상의 자리로 돌아갈 수 있었다.

우리가 영적인 눈과 귀를 열고 주위를 둘러본다면, 하나님께서 베푸시는 뜻밖의 깨달음을 보고 듣게 될 것이다. 뜻밖의 깨달음은 말씀묵상의 무미건조함을 한순간에 사라지게 한다. 그리고 다시 묵상의 자리에 나아가서 하나님의 말씀을 묵상하며 그분의 음성에 귀 기울이게 만든다. 그러므로 뜻밖의 깨달음을 주시는 때를 놓치지 말아야 한다.

§때를 놓치지 말자

지금 바로 그때다. 나는 당신이 이 책을 읽고 있는 이때가 바로 하나님의 말씀을 비벼먹는 한국인의 성경묵상을 다시 시작해야 할 때라고 말해주고 싶다. 지금 이때에 필요한 것은 다시 QT를 시작하기 위해 성경을 펼치고 새롭게 시작해 보는 것이다.

1. 성경을 소리 내어 반복해서 읽으라. 파의 껍질을 한 꺼풀씩 벗겨내듯….

2. 성경말씀을 조용히 따지고 살펴 그 깨달음을 마음에 간직하는 묵상을 하라.

3. 묵상을 통해주시는 깨달음과 그분의 음성을 어떻게 삶에 적용할지 자신을 살펴보라.

9. 묵상 나침반을 가져라

§사막을 건너는 방법

"도대체 사하라 사막은 어디에서 끝나는 거야?"

스티브가 큰소리로 외쳤다.

"지금 나한테 물어보는 거야?" 탤리스가 물었다.

"아냐, 그냥 사막 건너편까지 갈 수 있을지 자신이 없어서. 간다고 해도 얼마나 걸릴지도 모르겠고."

사하라는 지구상에서 가장 큰 사막으로 그 면적이 거의 미국과 맞먹는다. 스티브와 탤리스는 사하라 사막을 반쯤 건너고 있었다. 그때 그들은 지중해에서 남쪽으로 수천 킬로미터 떨어진 망망대해와도 같은 사막 한가운데 언덕에서 야영하고 있었다. 모래 언덕과 모래 폭풍만이 그들을 기다리고 있었다. 그들은 말 그대로 모래사막에 갇혀 있었던 것이다.

스티브 도나휴는 인생이란, 사막을 건너는 것처럼 끝은 보이지 않고, 길을 잃기도 하며, 오도 가도 못하는 신세가 되었다가 신기루를 좇기도 하는 것으로 비유한다. 그는 자신이 사하라 사막을 건너면서 경험했던 일들이 인생을 살면서 경험하게 될 모습과 많이 닮아 있음을 깨달았다. 목표를 볼 수 없고, 목적지에 다다랐는지도 알 수 없는 삶이 사막에서 발견한 인생의 모습이다.

보통의 경우 사람들은 인생을 산에 오르는 것으로 비유하곤 한다. 정상이라는 분명한 목표를 향해 오르는 삶, 즉 문제점을 정의하고, 목표를 설정하고, 계획을 실행하는 것을 모든 문제의 해결책으로 여기는 삶을 말한다.

그런데 인생은 산을 오르는 것처럼 처음과 끝이 분명하고, 진행 과정을 분명히 파악할 수 있는 그런 삶이 아니다. 인생이란 목표가 애매모호하고 최종적인 결과보다 언제나 과정 중에 있는 것처럼 느껴지는 삶이다. 그것은 사막을 건너고 있는 삶과 같다.

그는 사막을 건너고 있는 동료들을 향해 충고한다.

"지도를 따라가지 말고, 나침반을 따라가라."

사막에서 지도는 무용지물이다. 산봉우리에는 이름이 있지만 모래 언덕에는 이름이 없다. 모래 언덕에 이름을 지어 붙인다 해도, 그 이름을 인쇄한 잉크가 채 마르기도 전에 그 지도는 이미 구식이 되어 못 쓰게 될 것이다. 그런데도 종종 사람들은 지도와 여행 안내서를 들고 인생의 사막을 건너기 시작한다. 결혼할 때나 직장을 구할 때도 지도를 가지고 시작한다. 그런데 모래땅의 모양이 바뀌면 지도는 아무 소용이 없어지고, 우리는 길을 잃는다. 우리가 가고 있는 길이 지도에 없다는 사실을 깨닫는 것 자체가 이미 우리에게는 여행의 출발이 된다.

그래서 나침반이 필요하다. 우리가 인생이라는 사막을 건널 때, 혹은 변화의 사막을 건널 때 나침반은 다음과 같은 세 가지 역할을 한다.

첫째, 길을 잃었을 때 방향을 찾아준다.

둘째, 우리를 더 깊은 사막으로 이끌어준다.

셋째, 우리가 목적지보다 여정 자체에 중점을 둘 수 있게 해준다.

지도보다는 나침반을 따라가는 것이 훨씬 의미 있는 일이다. 하지만 올바른 방향을 찾는 것은 쉬운 일이 아니다. 나침반 방향 측정이란 단순히 목표나 목적지가 아니라, 살아가는 방법 또는 존재하는 방법을 담고 있어야 한다.

우리가 성경을 읽고 묵상하는 이유는 인생의 지도를 얻기 위함이 아니라, 인생의 나침반이 가리키는 단순하지만 강력한 방향 지침을 얻기 위해서다.

바울은 디모데에게 편지를 보내면서 그의 인생의 나침반을 굳게 붙잡을 것을 당부했다.

"그러나 너는 배우고 확신한 일에 거하라 너는 네가 누구에게서 배운 것을 알며 또 어려서부터 성경을 알았나니 성경은 능히 너로 하여금 그리스도 예수 안에 있는 믿음으로 말미암아 구원에 이르는 지혜가 있게 하느니라 모든 성경은 하나님의 감동으로 된 것으로 교훈과 책망과 바르게 함과 의로 교육하기에 유익하니 이는 하나님의 사람으로 온전하게 하며 모든 선한 일을 행할 능력을 갖추게 하려 함이라"(딤후 3:14~17)

하나님의 말씀인 성경은 그리스도인에게 사막에서 만난 나침반의 역할을 한다. 성경은 길을 잃었을 때 방향을 찾아주고 더 깊은 사막, 즉 하나님의 사람으로 온전한 삶을 살도록 이끌어준다. 그리고 구원의 여정을 즐기는 삶을 살아가게 한다.

오늘날 기독교 안을 들여다보면 사람들이 성공이라는 마스터 플랜이 그려진 지도를 팔고 있음을 본다. 성공이라는 이름의 책과 설교와 각종 세미나가 넘쳐나고 있다. 성공이라는 산을 어떻게 단숨에 오를 수 있는지, 어떻게 하면 남들보다 더 높은 산에 오를 수 있는지, 어떤 길과 방법과 도구가 필요한지에 대한 로드맵을 소개한다. 세상만이 아니라 어느새 교회 지도자들을 향해 목회의 성공 비결이라는 지도를 사면 마치 산 정상에 우뚝 설 수 있을 것처럼 선전하는 세미나 광고를 만나기도 한다.

그들이 팔고 있는 지도는 나침반을 들고 사막을 걸었던 발자취에 불과하다. 이미 그들의 지도에 나타나 있는 발자취는 어느새 사막의 바람에 흔적도 없이 사라져버렸다. 과거의 흔적이 아니라 앞으로 펼쳐질 새로운 사막이 모두를 기다리고 있을 뿐이다. 그들이 들고 있는 지도는 이제 의미 없는 무용지물이 된다.

히브리서 기자는 다음과 같이 우리를 향해 도전한다.

"이러므로 우리에게 구름 같이 둘러싼 허다한 증인들이 있으니 모든 무거운 것과 얽매이기 쉬운 죄를 벗어 버리고 인내로써 우리 앞에 당한 경주를 하며 믿음의 주요 또 온전하게 하시는 이인 예수를 바라보자"(히 12:1~2)

예수를 바라보는 삶, 그 삶이 바로 인생이라는 사막 가운데서 방향을 잃지 않고 우리 앞에 당한 경주를 완주하게 만든다. 그 예수를 바라보기 위해 우리는 성경을 펼쳐든다. 지도를 발견하기 위해서가 아니라 나침반 되시는 예수 그리스도를 발견하기 위해서 말이다.

§ 나침반을 의지하라

미국에서 고등학교를 졸업하고 귀국한 형제는 오직 한 대학만을 목표하고 있었다. 자신의 영어 실력이라면 문제없이 합격할 것이라 확신했다. 그렇지만 마음 한 편에는 불안한 마음을 지울 수 없었다. 시험 전까지 새벽기도도 하고 기도원에 가서 금식기도까지 했다. 그리고 기도 가운데 하나님께 그 대학에 합격할 것이라는 응답도 받았다.

1차 시험은 예상대로 쉽게 합격하고, 2차 면접시험을 치르게 되었다. 확신에 찬 마음으로 면접에 임했다. 그런데 면접 보러 온 다른 사람들은 모두 한국말로 시험 준비를 해왔다고 했다. 결국 서툰 한국어 실력 때문에 면접관 앞에서 제대로 말문을 열지 못하고 말았다.

그래도 "응답 받았으니까 붙겠지" 하는 마음에 조금은 불안했지만 결과를 기다렸다. 합격자 발표하는 날, 하늘이 무너지는 것 같았다. 합격은커녕 다른 대학에 원서를 넣을 수도 없는 막막한 상황이었기 때문이다.

형제는 하나님께 원망의 마음이 생겼다. 기도했을 때 응답에 대한 확신을 주셨는데, 왜 떨어져야 했는지 도무지 이해할 수 없었다. 하나님은 그 형제를 밑바닥까지 낮추셨다. 매일 하나님의 뜻을 알고 싶어 말씀을 묵상하던 중 실망 가운데 주님이 주시는 말씀이 있었다.

"그러므로 하나님의 능하신 손 아래에서 겸손하라 때가 되면 너희를 높이시리라"(벧전 5:6)

묵상하는 동안 계속해서 '겸손하라' 단어가 머릿속을 떠나지 않았다. 그가 겸손하라는 의미를 묵상하고 있을 때 "하나님의 능하신 손"이라는 말이 눈에 들어왔다. 그는 문득 하나님의 능하신 손이 아니라 자신의 능력을 의지하고 있었음을 깨닫게 되었다. 그는 하나님께 자신의 교만을 회개하며 겸손한 마음을 주시길 간구했다.

결국 형제는 집 근처에 있는 전문대에 입학했다. 그리고 대학 기간 동안 모든 연락을 끊고 숨어 지내기로 작정했다. 대학을 졸업하고 난 뒤 처음 작정했던 대학교에 반드시 편입할 것을 굳게 결심했다.

어느 날 자신에게 주셨던 말씀이 문득 떠올라 가만히 묵상하다가 깜짝 놀랐다. 하나님께서 주셨던 응답은 "올해 보내주겠다"가 아니라 "언젠가 보내주겠다"는 말씀이었다. "때가 되면"이라는 구절을 그때야 비로소 깨달았던 것이다.

2년의 시간은 훌쩍 지나갔다. 그토록 기다렸던 편입시험이 다가왔고, 이번에는 겸손한 자세로 임했다. 때가 되었다. 하나님은 합격이라는 선물을 주셨다.

그는 2년이란 세월을 기다리게 하신 하나님께 감사드렸다. 자신을 낮추고 겸손한 사람이 되도록 만드셔서 더욱 주님을 신뢰하는 삶을 살게 하셨기 때문이다. 이 모든 일이 끝난 지금 그는 주님이 주셨던 말씀 가운데 다시 깨달은 것이 있다고 했다. "하나님의 능하신 손"이다. 실력과 능력이 부족해서 숨어 지내는 것이 아니라 하나님의 능하신 손을 의지하기 위해 겸손해야 한다는 것이다.

우리는 성경을 통해 자신을 향한 하나님의 분명한 계획을 보고 듣고 싶어 한다. 왜냐하면 "하나님은 당신을 향한 놀라운 계획을 가지고 계신다"는 말을 믿기 때문이다. 그래서 하나님께 자신을 향한 그 계획에 대해 구체적인 지도를 그려주실 것을 강청한다. 그런데 하나님은 지도가 아니라 가야 할 방향을 지시해 주신다. 왜냐하면 우리는 지금 사막에 있기 때문이다.

하나님은 우리 인생을 향한 계획이 아니라 우리와 함께 하시며 순간순간 방향을 제시해 주신다. 그리고 함께 인생이라는 그림을 그려가길 원하신다. 하나님은 성경을 통해 말씀하신다. 성경이라는 인생 나침반을 통해 인생의 사막을 지나 영원한 행복의 나라로 인도받는 삶을 살아가길 원하고 계신다.

하나님의 능하신 손아래서 겸손하기 위해 날마다 하나님의 말씀을 소리 내어 읽고 묵상하는 삶을 살아야 한다. 묵상은 하나님의 뜻과 방향을 가리키는 나침반과 같다. 성경을 묵상하는 사람은 하나님께서 자신의 인생에 방향을 설정해 주시도록 겸손히 내어맡기는 삶을 산다.

그러므로 묵상 나침반을 잘 활용하기 위해 배워야 할 기술은 분별과 민감함이다. 이 두 가지는 인생의 사막에서 하나님이 지시하는 방향으로 나아가기 위해 반드시 필요하다.

§ 분별의 기술

"말씀을 묵상해야 하는 이유가 무엇입니까?"

QT학교 참석자 중 한 분이 나에게 갑작스럽게 던졌던 질문이다. 말씀묵상을 하는 이유는 하나님의 뜻을 발견하기 위해서이기도 하다. 우리 인생이 나아가야 할 푯대를 발견하고, 그 푯대를 향해 나아가는 방향을 잡게 된다.

우리는 말씀묵상을 통해 하나님의 뜻을 추구하고 그 뜻에 순종하는 삶을 살아가길 원한다. 그래서 우리는 "하나님이 내게 원하시는 것이 무엇인지 알기만 한다면 그 일을 할 텐데…"라고 말하지만, 그때마다 진지하지 못한 경우가 많다. 하나님의 뜻을 발견하는 것과 관련된 책은 무수히 많지만, 문제는 하나님의 뜻을 아는 것이 아니라 따르는데 있다. 우리는 이미 우리에게 요구되는 것이 무엇인지 많이 알고 있지만 그것을 실천에 옮기지 못하고 있다.

나는 하나님의 '뜻'에는 두 가지 의미가 있음을 묵상을 통해 깨달았다. 하나님의 '소원'이라고 부를 수 있는 것으로 하나님이 기뻐하시는 가치관을 말한다. 하나님은 그 기쁘신 뜻을 위해 우리로 마음에 소원을 두고 행하게 하신다(빌 2:14). 그렇지만 그 기쁘신 뜻을 우리는 거스를 수 있다. 우리가 하나님의 뜻을 거스른다고 할 때 그 의미는 하나님의 기쁘신 가치관을 따르지 않는 삶을 사는 것을 말한다.

하나님의 뜻이 갖는 좀 더 일반적인 의미는 우리 인생을 향한 하나님의 구체적인 의도를 말한다. 이것은 그분이 결정하신 것은 실제로 일어난다는 뜻이다. 그리고 인간은 하나님의 구체적인 의도를 결코 좌절시킬 수 없다.

우리는 끊임없이 우리의 자유와 하나님의 소원 사이에서 갈등하는 삶을 살아가고 있다. 우리는 하나님의 뜻을 정말 알고 싶어 하지만, 또한 하나님의 말씀 앞에 저항하고 합리화하며 그분을 거부하기까지 한다. 그러므로 우리는 말씀묵상을 통해 적어도 두 가지를 추구해야 한다. 자기중심적인 성취를 위한 하나님의 뜻을 분별하는 것과 우리에게 가장 좋은 것을 주시기 위한 하나님의 뜻을 분별하는 것이다.

말씀묵상을 하는데 있어서 분별은 너무나도 중요하다. 하나님의 말씀과 그분의 뜻을 묵상을 통해 잘 분별하는 지혜가 필요하다. 그래서 분별은 영성의 시작과 마침이 된다고 해도 과언이 아니다.

현재의 우리 모습은 지금까지 우리가 했던 선택의 결과이다. 그동안 우리는 우리의 가장 깊은 열정이 밀어붙이는 것을 선택하며 살아왔다. 과거의 단 한 번의 선택이 지금 우리 인생의 방향을 결정했을 수도 있다. 그래서 선택의 기로에 서서 쉽게 결정을 내리지 못한 채 하나님의 뜻을 묻는다. 그리고 그 뜻을 분별하는 지혜를 간구하게 된다.

고든 스미스는 "분별이란 단지 합리적 분석이나, 찬반을 저울질하는 문제나, 우리가 직면하고 있는 선택 사양들에 대해 성경의 정신으로 반응하려는 문제만을 의미하지 않는다"고 말한다. 분별이란 삶 속에서 성령의 임재에 마음과 정신을 기울임으로써 하나님의 말씀에 귀 기울이는 영적훈련이다.

그런 점에서 분별은 일종의 기술이다. 우리는 잘 선택하기를 갈망한다. 우리의 삶을 향한 하나님의 특별한 부르심에 부합하는 삶을 살아가고 싶어 한다. 우리는 언제 행동하며, 언제 기다려야 하는지에 대해 분별하는 능력을 갖고 싶어 한다.

그렇다면 분별의 기술을 배우고 훈련해야 한다. 우리 앞에 놓인 여러 가지 선택 사항들 앞에서 최선의 것을 구하는 것이다. 우리가 만나는 선택의 현장은 생각보다 복잡하다. 선과 악의 문제 앞에서 선택해야 한다면 누구나 선을 선택할 것이다. 그런데 현실에서 만나는 선택은 여러 가지 선한 일 가운데 한 가지를 택해야 한다. 그렇기 때문에 어느 것이 진정한 하나님의 뜻이고, 최선의 것인지 분별해야 한다.

나는 관계보다는 일에 더 많은 관심이 있는 편이다. 그래서 어떤 모임에 가면 참석한 사람들보다 도울 일이 먼저 눈에 들어온다. 그리고 사람들에게 대해 관심을 가질 때에도 어떤 도울 일이 있는지 먼저 살피곤 한다. 그래서인지 소위 은혜 받는 자리보다는 일하는 자리에 자주 서 있는 것을 보게 된다.

주일학교 시절부터 익숙하게 들어왔던 이야기가 있다. 마르다가 되지 말고 마리아가 되어야 한다는 것이다. 마르다는 일을 하느라 은혜를 받는 자리에 있지 못했고, 그 결과 마리아를 시기하고 질투했다. 반대로 마리아는 말씀 듣는 것을 소중하게 여겼기 때문에 예수님께 칭찬받은 여인이 되었다는 것이다. 예수님의 말씀도 그러한 마리아의 모습을 지지해 주는 것처럼 보인다.

"주께서 대답하여 이르시되 마르다야 마르다야 네가 많은 일로 염려하고 근심하나 몇 가지만 하든지 혹은 한 가지만이라도 족하니라 마리아는 이 좋은 편을 택하였으니 빼앗기지 아니하리라 하시니라" (눅 10:41~42)

나는 마르다 쪽에 더 가까운 것 같다. 그래서 마리아처럼 살지 못하는 자신에 대해 한탄하곤 했다. 왜냐하면 많은 설교를 통해 마리아처럼 은혜 받는 자리에 서는 지혜로운 사람이 되라고 배워왔기 때문이다.

그런데 마르다와 마리아의 행동을 선과 악의 문제로 볼 수 없다는 것

을 말씀묵상을 통해 깨달았다. 선과 악이 아니라 예수님의 표현대로 '좋
은 편' 의 문제이다. 마리아는 예수님의 말씀을 듣는 좋은 편을 선택했고,
마르다는 예수님과 손님들을 위해 섬기는 좋은 편을 선택했다. 마르다는
눈치 없는 마리아를 향해 비난할 수 없고, 마리아도 마르다를 판단할 수
없다. 그들은 모두 좋은 편을 선택했기 때문이다.

그러므로 우리는 최선의 것을 얻고자 노력하는 용기를 구해야 한다.
그리고 자신의 삶에서 최선의 것을 분별하는 방법을 배워야 한다. 사도
바울은 "내가 기도하노라 너희 사랑을 지식과 모든 총명으로 점점 더 풍
성하게 하사 너희로 지극히 선한 것을 분별하며 또 진실하여 허물 없이
그리스도의 날까지 이르고"(빌 1:9~10)라고 썼다. 우리가 선택해야 하는
것 가운데 어떤 것도 완전한 선은 없다.

우리의 선택하는 것에는 긍정과 부정의 면을 모두 지니고 있다. 내가
이 사람과 결혼한다면, 그것은 내가 다른 사람과는 결혼하지 않는다는 것
을 의미한다. 내가 이 과제와 이 일을 맡게 된다면, 다른 기회들을 거절하
는 것을 의미한다. 내 일과를 이런 방식으로 보내기를 택한다면, 그것은
나의 일과를 채우게 될 다른 활동들을 거부한다는 것을 의미한다. 그렇기
때문에 의사 결정은 매우 힘든 일이다. 우리는 모든 곳에 있을 수 없고 모
든 일을 할 수 없다. 우리가 해야 할 선한 것들이 많지만, 그 모든 것을 행
할 수 없다.

"많은 일로 염려하고 근심하나 몇 가지만 하든지 혹은 한 가지만이
라도 족하니라."

결국 우리는 여러 가지 선한 일 가운데 한 가지를 선택해야 하는 결
단을 내려야 한다. 결단을 내리는 것은 여전히 우리의 책임이다. 하나님

이 우리 대신 선택해 주시지 않는다. 그러므로 분별하는 능력과 지혜롭게 결단하는 능력은 영적 성숙을 나타내는 중요한 표징이 된다. 우리 믿음이 성숙하고 지혜가 성장할 때 배우는 기술이 바로 분별이다.

능숙하게 분별하는 기술을 연마하기 위해 우리는 성경을 묵상해야 한다. 우리는 성경묵상을 통해 분별의 대가인 지혜와 계시의 정신이신 성령님을 만나게 된다. 성령님은 말씀을 묵상하는 그리스도인의 마음에 오셔서 확신에 찬 선택과 분별을 통해 평안을 주신다. 그래서 말씀묵상을 통해 우리는 분별의 기술을 더욱 연마할 수 있는 것이다.

"우리 주 예수 그리스도의 하나님, 영광의 아버지께서 지혜와 계시의 영을 너희에게 주사 하나님을 알게 하시고 너희 마음의 눈을 밝히사 그의 부르심의 소망이 무엇이며 성도 안에서 그 기업의 영광의 풍성함이 무엇이며 그의 힘의 위력으로 역사하심을 따라 믿는 우리에게 베푸신 능력의 지극히 크심이 어떠한 것을 너희로 알게 하시기를 구하노라" (엡 1:17~19)

§ 민감하기

한 번은 두 형제가 팜보를 찾아왔다. 그 가운데 한 사람이 물었다.

"저는 이틀 동안 금식하고 금식이 끝나면 빵 두 덩이를 먹습니다. 이것이 제 영혼에 유익합니까?"

이어 다른 형제가 물었다.

"저는 매일 야채 죽을 만들어 그릇 두 개에 담아 하나는 음식을 위해 남겨두고, 하나는 가난한 사람들에게 나누어줍니다. 이것이 제 영혼에 유익합니까?"

두 형제는 대답해 달라고 간청했지만, 팜보는 아무 말도 하지 않았다. 그렇게 며칠이 지나 두 형제가 떠나려고 할 때 팜보가 두 사람을 부르며 말했다.

"형제들이여! 낙심하지 마시오. 하나님께서 그대들에게 상급을 주실 것이오. 하나님께서 내게 말할 것을 주지 않으셔서 그대들에게 즉시 대답하지 못했소."

두 형제가 달려와 간청했다.

"이제 말씀해 주십시오."

팜보는 그들을 응시한 뒤에 땅에 글씨를 쓰며 말했다.

"팜보는 이틀 동안 금식을 한 후에 빵 두 덩이를 먹는다. 이것이 그를 수도자로 만드는가? 아니다. 그렇지 않다."

팜보가 다시 글씨를 쓰며 말했다.

"팜보는 매일 야채 죽 두 그릇을 끓여 가난한 사람들에게 나눠준다. 이것이 그를 수도자로 만드는가? 절대 그렇지 않다."

팜보는 다시 침묵한 뒤에 말했다.

"금식과 선행은 매우 좋은 것이오. 그러나 그보다 더 좋은 것은 진실한 마음으로 이웃을 대하는 것이오. 그것이 그리스도 안에서 정진하기 위한 길이오."

두 형제는 힘을 얻어 기뻐하며 돌아갔다.

사막의 수도자 팜보에게서 우리는 배워야 한다. 우리는 너무 급하다. 당장에 대답을 듣고 결정을 해야 할 것 같은 답답함을 느낀다. 어떤 상황에 반응해야 한다는 우리의 압박감은 당면한 다른 사람의 기대에 부응하려는 갈망이나, 성급하게 상황을 종결한 뒤 빨리 쉬고 싶은 경향 때문이다.

우리가 깨달아야 하는 것은 어떤 일들은 쉽게 또는 재빨리 해결되지 않는다는 것이다. 우리가 받고 있는 선택과 결정에 대한 압박은 하나님의 음성을 듣고 분별하는데 가장 큰 장애물이 된다. 분명한 하나님의 뜻 앞에서 지체해서는 안 되지만, 하나님의 뜻을 분별해야 하는 순간에는 충분한 시간과 공간을 확보하는 것이 절실하다.

하나님의 뜻을 분별하기 위해서는 민감함이 필요하다. 민감함은 기다림을 통해 배우게 된다. 우리가 속도를 늦추고 우리 마음에 주의를 기울일 때 더욱 민감해 질 수 있다. 기다림의 시간은 성 이냐시오의 표현처럼 "거룩한 무관심"의 시간이다. 거룩한 무관심은 냉담함이 아니라 하나님께 집중하기 위해 다른 모든 것을 향한 관심에서 벗어나는 것이다.

그런데 이 거룩한 무관심을 훈련하는 것은 상당한 노력이 필요하다. 끊임없이 솟구치는 상황에 반응하고 싶은 욕구를 누르고 가만히 앉아 있는다는 것은 쉽지 않은 일이기 때문이다. 그것은 자신을 죽이는 일이며, 자기를 부인하는 일이다. 그러므로 기다림은 곧 자기를 부인하는 시간이다.

미르바 던은 거룩한 무관심으로 보내는 시간을 안식이라는 성경적 표현으로 묘사한다. 이스라엘 백성들은 안식일을 지키는 동안 엿새 동안 붙들고 있었던 모든 관심을 내려놓고 하나님과의 관계에 초점을 맞춰야 했다. 그들은 모든 것을 멈추고 오직 하나님만 일하시도록 모든 것에서 무관심해야 했다. 하나님은 광야에 있던 이스라엘 백성들에게 안식일에는 만나를 거둘 필요가 없을 것이라고 말씀하셨다. 출애굽기에 나오는 이 기사는 아주 흥미롭다.

"엿새 동안은 너희가 그것을 거두되 일곱째 날은 안식일인즉 그 날에는 없으리라 하였으나 일곱째 날에 백성 중 어떤 사람들이 거두러 나갔다가 얻지 못하니라 여호와께서 모세에게 이르시되 어느 때까지 너희가 내 계명과 내 율법을 지키지 아니하려느냐 볼지어다 여호와가 너희에게 안식일을 줌으로 여섯째 날에는 이틀 양식을 너희에게 주는 것이니 너희는 각기 처소에 있고 일곱째 날에는 아무도 그의 처소에서 나오지 말지니라 그러므로 백성이 일곱째 날에 안식하니라"(출 16:26~30)

하나님은 자기 백성의 필요를 공급해 주실 것을 말씀하셨다. 그렇기 때문에 스스로 해결하려고 발버둥칠 필요가 없었다. 안식일을 지킴으로써 오는 복 가운데 하나는 우리가 안식일을 지킬 때 자신의 미래를 하나님께 맡기지 않을 수 없다는 것이다. 안식일에 우리가 일을 삼가고, 생산하고, 성취하는 것을 삼가며, 자신이 앞서 가기 위해서 해야 하는 모든 일을 어떻게 하면 성공적으로 할 수 있을까에 대한 모든 염려를 삼가면, 그 결과 우리는 이전보다 더욱 하나님께 집중할 수 있게 된다.

그러므로 안식일은 노력을 그치는 날이며 관심을 멈추고 기다리는 날이다. 더 이상 우리는 강해지려고 애씀으로써 안전을 확보하거나, 모든 해답이나 신속한 해결책을 얻거나, 자신의 시간과 일정을 스스로 책임지거나, 통제권을 손에 넣거나, 손쉬운 만족을 얻으려고 발버둥칠 필요가 없다. 하나님이 되거나 자신의 미래를 창조하거나, 안전을 확보하려고 애쓰지 않아도 된다.

나는 아내와 주님 앞에서 어떤 삶을 살아야 할지 대화하곤 한다. 그날도 하나님의 인도에 대해 대화하고 있었다. 아내가 불쑥 이런 말을 했다.

"당신은 꼭 책을 써야 해요. 그리고 그 책을 통해 하나님 앞에서 기다리는 지혜를 얻어야 해요."

"그게 무슨 말이오?"

"지금까지 지켜본 당신은 기다림의 시간을 가장 힘들어해요. 그 시간을 너무 아깝게 생각할 뿐만 아니라 심지어 무능해서 버림 받았다고 느끼곤 하죠."

"내가…!"

"그래요. 그래서 책을 써야 해요. 책을 완성하기 위해 시간을 보내고, 출판을 의뢰한 뒤 답장을 기다리고, 때론 거절당해 기다리기도 하고…. 제가 옆에서 지켜본 당신은 그 기다림의 시간을 통해 이전에 경험하지 못한 하나님의 세밀한 음성을 듣고 있어요."

그러고 보면 아내의 말처럼 나에게 있어 기다림의 시간은 눈과 귀를 더욱 예민하게 만드는 시간이었다. 기다림이 길면 길수록 더욱 세미한 주님의 음성에 귀를 쫑긋 세웠다. 그리고 기다림을 지속하기 위해서는 일어나지 않을 온갖 부정적인 생각과 사람들의 이야기에 무관심하지 않으면 안 된다.

요구의 부담 앞에서 무관심으로 대처할 만한 믿음을 가진 사람이라면 그는 정말 대단한 사람이다. 그래서 매일 말씀을 묵상하겠다고 다짐하지만 우리를 찾아오는 관심 앞에 번번이 무너지는 것이다.

하나님의 음성을 듣고 뜻을 분별하기 원한다면 하나님께 민감해져야 한다. 민감함 또한 기술이다. 가까이 계시며 언제나 나에게 말씀하시는 그분의 임재를 느끼는 기술이다. 그러므로 연마하면 얼마든지 가능하고 더욱 예민해질 수 있다. 민감함을 훈련하자. 그 시작은 거룩한 무관심으로 주님의 음성을 들을 때까지 기다리는 것이다.

§말씀의 방향 잡기

한국인이라면 누구나 쉽고 지속적으로 하나님의 말씀을 비벼먹을 수 있도록 돕기 위한 한국인의 성경묵상에 대해 지금까지 소개했다. 성경을 맛있게 비벼먹기 위해 반드시 필요한 기술은 분별의 기술이다. 하나님의 말씀의 맛을 구별하고 분별하는 기술을 연마해야 한다. 그런데 그 기술에 대한 표준 매뉴얼은 없다. 맛있는 음식을 먹어본 사람이 맛있는 음식을 잘 만들 듯, 다양한 음식 맛을 본 사람이 각종 음식 맛을 구별해 내듯 경험을 통해 터득해야 한다. 시간과 기다림을 통해 도달할 수 있다.

그래서 분명한 방향 설정이 필요하다. 말씀묵상의 세계는 사막을 건너는 것처럼 정확한 지도가 없다. 그래서 방향 설정을 위한 나침반이 절실히 필요하다. 그 나침반은 바로 성령님이시다.

성령님은 우리 마음과 정신을 인도하신다. 성령님은 우리가 그리스도의 형상을 입는 삶을 살아가도록 방향을 설정해 주시는 분이다. 성령님은 우리에게 예수님의 음성을 알게 해주시며, 하나님의 은혜와 자비로 말미암아 점차 믿음, 소망, 사랑 안에서 성숙하도록 돕는 분이다.

성경을 읽고 묵상할 때 성령님은 우리의 마음을 밝게 비추어 주심을 통해 성경을 선택적으로 익숙하고 좋아하는 구절을 찾아 읽으려는 우리의 경향을 뒤흔들어 놓는 분이다. 마치 사막에서 만나는 모래 바람이 지나온 발자취를 모두 덮어버리는 것처럼 말이다. 모든 상황이 뒤엎어진 그때 성령님은 우리에게 보고, 듣고, 느끼는 영적 능력을 부여해 주신다.

성령님은 우리를 말씀묵상의 자리에서 기도의 자리로 옮겨 놓으신다. 기도의 최종 목적은 우리의 말이 아니라 하나님이 말씀하시도록 하고 우리가 최종적인 말씀을 듣는데 있다. 그러므로 기도의 자리는 묵상한 말씀이 자신의 삶에 형상화되도록 간구하는 자리다. 성령님께 온전히 자신을 의탁하고 하나님의 뜻에 적극적인 순종을 통해 일하실 하나님을 바라보는 삶을 살게 되는 것이다.

　말씀묵상을 통해 결국 우리는 홍순관의 노래처럼 주님의 뜻을 따라 나무가 되고, 냇물이 되고, 산이 되고, 바다가 되는 삶을 소망하는 기도를 드리게 된다.

"나는 기도할 때 나무가 된다.

그늘 되어 쉬게 하는 나무가 된다.

나는 기도할 때 냇물이 된다.

길을 따라 흘러가는 냇물이 된다.

나는 기도할 때 큰 산이 된다.

내 놀던 옛동산처럼 큰 산이 된다.

나는 기도할 때 바다가 된다.

깊은 속 끝이 없는 바다가 된다.

나뭇잎 푸르고 마르지 않는

사과나무 열리고 시들지 않는

나는 기도할 때 나무가 된다.

그늘 되어 쉬게 하는 나무가 된다."

　성령님은 지금 당신을 말씀묵상의 자리로 방향을 설정하고 계신다. 사막과 같은 세상에서 흔들리지 않고 방황하지 않고 오직 한 길, 그리스도의 길을 따르도록 말이다. 이제 말씀묵상의 자리로 나아가 말씀 한 번 맛나게 비벼먹자.

쉽게 다시 시작하는 비빔밥 QT

초판 1쇄 발행일 2009년 04월 15일
초판 2쇄 발행일 2009년 05월 30일

저   자 | 이창용
발행처 | 베드로서원
발행인 | 한순진
대   표 | 한영진

등록번호 : 제318-2005-000043호 · 등록일자 : 1988. 6. 3

서울시 영등포구 양평동4가 281 삼부르네상스한강 1307호
Tel. 02)333-7316, Fax. 333-7317
www.petershouse.co.kr
E-mail : peter050@kornet.net

베드로서원은 기독교문화 창달을 위해 좋은 책 만들기에 힘쓰고 있습니다.
*파본 및 잘못된 책은 바꾸어 드립니다.

ISBN 978-89-7419-262-4

값 8,000원

미주사역

PETER'S HOUSE
2150 Cheyenne Way #178, Fullerton, CA 92833
Cell. (714)350-4211
e-mail _ soonjinhan@hotmail.com